프롤로그

───9월 7일 밤, 이치죠 아이 시점───

일요일이 끝나 간다.

데이트 후, 선배가 돌아가고 혼자 남은 적적한 집에서 나는 한숨을 내쉬었다. 더할 나위 없이 행복한 시간이 끝나 버린 탓에, 반동으로 갑자기 한없는 고독감이 밀려온다. 내가 이렇게나 약한 존재였다는 것을 다시금 깨달았다.

나는 고독이 싫다. 가족이 갖고 싶다. 그 행복했던 시간으로 돌아가고 싶다. 그래서 키친 아오노에서 느껴지는 따스함이 정말 좋다. 계속, 오래도록, 그와 그의 가족들과 함께 있고 싶다. 하지만 그 시간은 신데렐라의 무도회처럼 시간이 지나면 끝나 버린다. 한시적인 시간.

그리고 다시 이 현실로 되돌아오고 만다.

한숨의 원인은, 고독뿐만이 아니다. 조금 전의 일을 떠올렸기 때문이다. 나도 모르게 대담한 짓을 저질러 버렸다. 약간 후회하면서, 나는 소파에서 오늘의 여운을 곱씹었다.

'후회 같은 거 안 했으면서.'

그렇게 스스로에게 말하며.

많이 걸어서 그럴까, 아니면 익숙지 않은 일로 피곤했던 걸까. 인형을 끌어안고 꾸벅꾸벅 졸았다. 인형을 안고 있으면, 아직도 선배와 데이트하는 듯한 기분이 든다.

나는 천천히 꿈나라로 이끌려 들어간다.

꿈을 꾸었다. 꿈이라는 건 금세 알았다. 왜냐하면, 같은 꿈을 몇 번이나 꿨으니까. 엄마를 잃은 날의 꿈이다.

우리 부모님은 소위 말하는 정략결혼이었다. 유력한 신흥 재벌 출신의 아빠와 명문가 출신의 엄마. 서로의 집안에 가치가 있는 결혼이었다. 아빠네 집안은 바라던 전통 있는 명문가의 지위를 계승할 수 있던 데다 엄마 쪽 인맥도 유용하게 활용할 수 있었다. 엄마네 일가도 유능한 아빠가 가문을 부흥하기를 기대했다고 들었다. 일반적이라면, 이런 정략혼으로 결혼한 두 사람은 애정 없는 쇼윈도 부부였을지도 모른다. 그랬다면, 내가 옥상에 올라갈 일도 없었을 것이다.

하지만 두 사람은 소꿉친구이기도 했다. 엄마에게 들을 얘기로 장담하건대, 아마도 서로가 첫사랑이었으리라고 본다. 그래서 정략결혼이라 해도, 서로에게는 행복한 결혼 생활이었다. 아빠 얘기를 할 때, 엄마는 늘 사랑에 빠진 소녀의 얼굴을 했으니까 잘 안다. 나도 이제야 처음으로 좋아하는 사람이 생겼으니, 엄마와 같은 얼굴을 하는 거라고 생각한다.

나는 부모님의 사랑 속에서 컸다. 그건 절대 부정할 수 없다. 잃어버린 그 나날들은, 지금도 내 안에서 마음을 따뜻하게 해 주는 추억으로 남았다. 부모님은 바쁘셨지만, 외롭다고 느낀 적은 한 번도 없었다.

초등학생이 된 나는 도내의 명문 사립 학교에 다녔다. 내가 공부나 운동을 열심히 하면 할수록, 두 분은 칭찬해 주셨다. 아빠는 일이 바빠 집에 자주 없기는 했지만……, 가족과 함께하는 시간을 조금이라도 만들려고 노력하는 다정한 사람이었다. 수업 참관이나 운동회에도 빠지지 않고 참석해 주었다.

책장에 넣어 두었던 가족 앨범을 꺼내 펼친다. 어떤 사진을 봐도 나는 항상 웃고 있다. 그리고 사진 대부분에 부모님의 행복한 미소도 함께 담겨 있다. 전부가 정말 소중한 추억들이다.

하지만, 2년 전 그날. 나는 모든 걸 잃었다. 사고에 휘말리고 만 것이다. 나하고 엄마가 함께.

그날은 여행을 가기로 한 날이었다.

원래는 셋이 다 함께 갈 예정이었는데 아빠는 급한 일이 생겨 가지 못하게 되었고…… 그 소식을 들은 나는, 조금 충격을 받아 여행 준비가 더뎌져 그로 인해 출발하는 시간이 늦어졌다.

그게 잘못이었다. 내가 좀 더 일찍 준비했더라면……, 좀 더 아빠의 상황을 이해할 수 있었더라면……, 분명 결과가 달라졌을 테니까.

그날은 웬일로 엄마가 운전대를 잡았다. 가족끼리 오붓하게 보낼 계획이어서 운전기사에게 따로 부탁하지 않은 것이다. 오랫동안 손꼽아 기다린 가족여행. 아빠도 일을 마치고 바로 합류할 예정이었으니 그렇게까지 충격받을 필요는 없었는데. 왜 나는…….

"아이, 기분은 좀 풀렸어?"

장난스럽게 묻는 엄마에게 나는 대답했다.

"응, 괜찮아. 조금 충격이기는 했지만."

"아빠 성격 알잖니, 금방 일 마무리하고 와서 더 재미있게 놀아 줄 거야."

"맞아."

아빠의 일이 바쁘고 예정에 없는 일정이 자주 생긴다는 건 머리로는 이해하고 있었다. 아빠라면 그런 급한 일은 금방 처리할 능력이 있다는 것도 잘 알고 있었다. 그냥 잠깐 따로 움직이게 되었을 뿐이다.

지금……, 전부를 잃은 지금 돌이켜보면, 정말 대수롭지 않은 일이었다. 그저 행복한 가족이 웃어넘길 수 있는 일이었을 뿐인데.

그 뒤로는 나도 기분이 풀려, 차를 타고 가면서는 평소처럼 대화를 나눴다. 이 행복이 앞으로도 쭉 이어지리라

믿어 의심치 않았다. 그랬는데…….

차가 터널에 들어섰다. 운명은 거기서 바뀌고 말았다.

터널 안에서, 갑자기 큰 소리가 났고 충격으로 눈앞이 캄캄해졌다. 브레이크를 잡는 거센 마찰음도 들렸다. 차끼리 충돌하는 소리, 뭔가가 찌그러지는 듯한 둔탁한 금속음이 좁은 터널에 울려 퍼졌다.

잠시간 의식을 잃었던 내가 정신을 차렸을 때는 눈앞에 벽이 보였다. 혹시 사고라도 났나 싶어, 주위를 둘러봤다. 고통스러워하는 엄마의 숨소리가 들려왔다. 운전석 뒤쪽의 깨진 유리창 너머로 우리가 처한 상황을 파악할 수 있었다. 터널이 붕괴하여 주변이 잔해투성이이었다.

운전석은 절반이 잔해에 깔려 있었고, 엄마의 하반신에서는 어마어마한 양의 피가 나고 있었다. 잔해가 몸에도 박혀서 몹시 괴로워 보였다.

"아, 엄마, 괜찮아?!"

사태를 이해하지 못한 채, 공포에 질린 목소리로 외치는 것밖에 못 했다. 울면서 엄마의 어깨를 움켜쥐었다.

"아이, 다친 데는 없어?"

가장 아프고 힘든 건 엄마면서 그렇게 물어봐 주었다. 내가 불안해하지 않게 필사적으로 미소를 지어 보였다.

"나는 괜찮아, 근데, 엄마가……."

"그렇구나, 다행이다."

엄마는 내 걱정만 할 뿐, 자기 몸 상태는 전혀 신경 쓰지 않았다. 그 눈빛에는 어딘가 체념과 비슷한 감정이 비쳤다. 그렇지만, 딸이 무사함에 진심으로 안도하는 자애도 느껴졌다. 아마, 이미 자신은 틀렸다는 걸 알았던 것이리라. 후에, 냉정해지고 나서야, 알았다.

나는 말을 잃고, 같은 단어만 되풀이할 수밖에 없었다.

"엄마……. 엄마, 엄마."

체념과 사랑이 어린 표정으로, 엄마가 고개를 젓는다. 죽음을 예감하는 듯한, 다정한 얼굴이었다. 간신히 움직일 수 있는 왼손으로 내 머리를 부드럽게 쓰다듬어 준다. 엄마의 몸이 점점 차가워지는 것처럼 느껴졌다. 엄마의 죽음이 다가오는 공포에, 나는 몸을 떨어 댔다.

"아이, 엄마는 괜찮으니까, 차에서 내려서 도망쳐. 곧, 불이 날지도…… 몰라. 구조대가 금방 올, 테, 니……까."

"엄마를 두고 어디를 도망쳐. 나도 같이 구조대를 기다릴래."

엄마 몸이 더 차가워진다. 나는 엄마의 손을 꽉, 아주 꽉 잡았다.

"약속이야. 아이……, 꼭 행복해져야……해……."

말하는 것도 힘들어 보이는 모습을 보고, 나는 엄마의 어깨에 얼굴을 묻고 펑펑 울었다. 고통스러울 텐데, 이거 말고도 더 많은 말을 했을 텐데, 나는 충격으로 아무것도 기억나지를 않는다. 엄마의 숨소리가 점점 희미해져 간다.

터널 안에는 조금씩 연기가 차오르고 있었다.

화재가 난 것이다.

이대로는 엄마가……. 도움을 요청해야 해.

그렇게 생각한 나는, 도와줄 사람을 불러오겠다고 말한 뒤에 가까스로 차에서 빠져나왔다.

엄마는 아무 대답도 하지 않았다.

차 밖으로 나와서 마주한 터널 안은, 말 그대로 지옥 그 자체였다. 트럭은 잔해 더미에 완전히 파묻혀 있었다. 뒤쪽에 있던 차량에서 사람이 나오는 게 보였다. 남자와 여자였다.

“도와주세요, 엄마가 저기 차 안에 있어요……. 운전석이 잔해에 깔려서 움직일 수가 없어요…….”

남자는 곧바로 우리가 타고 있던 차의 상태를 보고, 눈이 휘둥그레졌다.

나중에 생각해 보니, 헤아릴 수 있었다.

운전석에 커다란 잔해 조각이 내리꽂혀, 사람 손으로는 어찌할 수 없는 상태였다. 그래서 그 남자는 고개를 저은 거겠지.

젊은 여자가 나를 꼭 안아 주었다.

“어서 도망치자. 여기에 있으면 너도…….”

그러면서 내 손을 잡아끌었다.

“싫어요, 저는 여기 남을 거예요. 이거 놔요!!”

아무리 외쳐도, 뒤 차량의 커플은 내 손을 놓아 주지 않았다. 그 이후의 기억은 모호하다. 어느샌가 나는 병원 침대에 누워 있었다. 병원 침대에 누운 채, 아빠에게, 엄마가 돌아가셨다는 말을 들었다.

그리고, 떠올렸다. 우리 차는 도로의 진행 방향에서 살짝 빗겨나 서 있었다. 엄마는 나를 구하려고 급브레이크를 밟고 핸들을 꺾어, 내가 탄 좌석을 조금이라도 잔해에서 멀어지게 하려 한 것을 그때 깨달았다.

내가 준비를 늦장 부리지 않았더라면…….

내가 같이 타지 않았더라면…….

내가 거기에 남아 있었다면…….

운명을 바꿀 수 있었을지도 모른다. 엄마가 세상을 떠나는 일도 없었을지도 모른다. 후회와 죄책감, 상실감에 사로잡혀, 나는 병원으로 달려와 준 아빠에게 사과 말고는 할 수 있는 게 없었다. 모든 것이 다 내 잘못이니까.

"아빠, 미안해. 정말 미안해. 나 때문에. 엄마가, 엄마가……."

연신 사과하며 쓰러져 울었다. 아빠는 아무 말도 해 주지 않았다.

결국, 나는 엄마 장례식에도 가지 못하고 입원해 있었다. 전부 아빠에게 떠넘겨 버렸다. 아빠도 나만큼이나 괴롭고 힘들었을 텐데.

그날 이후로 내 생활은 완전히 달라졌다. 먼저, 아빠가 변했다. 엄마를 잃은 상실감 탓인지 일에 몰두하며 집에 거의 들어오지 않게 되었다. 그리고 그토록 다정했던 아빠에게서, 사람을 마치 물건 취급하는 듯한 매정함이 느껴지기 시작했다.

거기다 그 사고를 계기로 나를 향한 괴롭힘까지 시작되었다. 원래부터 눈에 띄는 존재였기에, 반 아이들이 시기했는지도 모른다.

언론에서 나를 기적으로 생환한 생존자라고 다루며 유명해진 것까지 해서 그간 쌓이고 쌓인 악의가 전부 나의 이 한 몸에 향했다. 반 아이들은 겉으로는 평소처럼 대했지만, 뒤에서는 엄마를 희생시켜 살아남은 끔찍한 악마라고 떠들었다. 심할 때는 휴대폰으로 발신자 표시 제한 전화를 걸어, 누군가가 엄마 흉내를 내며 말했다. '괴로워, 살려줘, 왜 구해 주지 않았어'라며 나를 추궁했다.

우리 엄마는 절대 그런 말 안 해.

아무리 그렇게 생각해도, 반복해서 들으니, 상처가 점점 깊어졌다.

말문이 막혀, 휴대폰을 들고 그대로 멍하니 서 있었다. 몇 번을, 수도 없이.

나는 사립 중학교 졸업을 계기로, 이사해서 아무도 나를 모르는 곳에서 새로운 삶을 시작했다. 하지만 아빠는 나와 떨어지고 싶었는지 함께 와 주지 않았다. 그 탓에 고립감은 더 심해졌다. 나를 괴롭히는 전화는 오지 않게 되었지만, 나는 모든 걸 잃었다.

그날, 엄마랑 같이 죽었으면 좋았을걸.

엄마는 필사적으로 나를 구했는데, 그런 엄마를 배신하는 감정을 품은 내 자신이 너무 혐오스러웠다.

그때 도망치지 않고, 엄마랑 함께 있었더라면, 이런 지옥을 겪지 않았을까. 이렇게 괴롭지 않았을까. 한 번만 더, 엄마를 보고 싶어. 내가 죽으면, 아빠는 나를 용서해 줄까.

그러한 절망이 그날 그 옥상으로 나를 이끌었다. 하지만 그곳에서 나는 그를 만났다. 그는, 나를 지옥에서 꺼내 구해 주었다.

그도 나처럼 지옥 밑바닥에 있을 텐데, 그는 나에게 빛을 가져다줬다. 그는 '살려 줘서 고마워'라고 해 주었다. 사실, 진짜로 구원받은 건 바로 나였는데. 내게 머물 곳을 주고, 사람의 온기를 떠올리게 해 주고, 그리고 사랑하는 기쁨을 알려 준 사람.

좋아하지 않을 수가 없다. 반복되던 악몽도, 마지막은 선배가 덧칠해 주었다.

※

휴대폰이 울렸다.

휴대폰 소리에, 눈에 눈물을 가득 머금고 깼다. 선배 대신에 꼭 껴안고 있던 인형이 곁에 있어 줬다. 그게 구원이었다.

이 꿈을 꾸면 항상 고립감에 심장이 죄어 오고, 죄책감에 잡아먹혀 죽고 싶어지는데…….

인형의 얼굴을 바라보다가 아까 내가 폭주해 저지른 볼 뽀뽀가 떠올라, 부끄러움과 약간의 죄책감에 휩싸였다. 그래도 덕분에 악몽의 여운은 오래 가지 않았다. 어쩌면 지옥으로 향하려는 나를 그가 막아서 주었는지도 모른다.

그의 생각을 하면 마음이 한결 가벼워졌다. 엄마의 마지막 말이 가슴에 박힌다.

'약속이야. 아이……, 꼭 행복해져야……해…….'

그래, 엄마는 그렇게 말했다. 그러니까 나는 행복해져야 한다. 여태 몰랐다. 아니, 알려 하지 않았다. 하지만 그가 곁에 있어 준 덕분에 깨달을 수 있었다. 악몽이, 에이지 선배 덕분에 덧칠되어 가는 듯한 기분이 들었다. 사라지지는 않을 테지만, 엄마의 마음만큼은, 누구에게도 왜곡 당하게 하고 싶지 않다. 그 덕택에, 엄마가 이어 준 목숨을 잃을 뻔했던 나의 어리석음을 깨달았다.

고마워요, 선배.

고마워, 엄마.

고생했어, 아이.

"보고 싶어……. 헤어진 지 얼마 안 됐는데, 벌써 보고 싶어. 이게 행복일까? 응? 엄마."

휴대폰을 들여다봤다. 선배에게서 한 시간 전부터 간헐적으로 메시지가 와 있다. 나는 급히 선배에게 전화를 걸었다.

마음은 조금 전보다 한층 따뜻해져 있었다.

※

조금 전에 데이트가 재미있었다는 메시지를 보냈는데 이치죠에게서 답장이 오지를 않는다. 혹시 목욕 중이거나 잠이 든 걸까.

답장이 없으면 신경 쓰지 않고 그냥 자려고 했는데 왠지 그때의 여운이 길게 가서, 눈이 말똥말똥해졌다.

"볼 뽀뽀……, 떠올리기만 해도 심장이 두근거리네."

입 밖으로 내면 좀 나아질까 했으나 오히려 더 잠이 안 왔다. 설마, 그 이치죠가 기습 뽀뽀를 할 줄은 몰랐다. 고백이란 고백은 전부 거절하는 난공불락의 미소녀라는 이미지와는 먼 행동. 남들은 다가가기 어려운 사람이었을지도 모르지만, 처음 만난 상황이 너무 특수한 탓에, 나는 한 번도 이치죠에게서 거리감을 느낀 적이 없다.

나와 함께 있을 때 이치죠는 언제나 즐겁게 웃었다. 어떤 불이익을 당할 위험이 있을지라도, 나를 위해 행동해 주었다. 친한 친구이자 소꿉친구인 미유키에게 배신당한 나를, 이치죠는 어째서 이렇게까지 도와주는 걸까.

휴대폰이 울렸다.

후, 드디어 답장이 왔다!

메시지를 계속 읽지 않아서 애가 탔다. 머리로는 잠들었

을 거라며 생각했지만, 그래도 답장이 없으면 불안하다. 기쁜 마음에 잽싸게 휴대폰 화면을 보니, 이치죠의 이름이 떠 있다. 그 이치죠가 전화를 한 것이다. 메시지보다 전화 통화는 고등학생에게 훨씬 부담이 크다. 나도 모르게 심호흡하고는 통화 버튼을 눌렀다.

「아, 저예요. 선배, 밤늦게 죄송해요. 지금 시간 괜찮아요?」

"응, 괜찮아."

「미안해요. 잠깐 졸다가 잠들어 버려서, 메시지를 확인하는 게 늦었어요. 그래서 사과하고 싶어서 전화했어요.」

"아니야, 별 내용 아니었으니까 신경 안 써도 되는데."

이건 거짓말이다. 읽음 표시가 찍히지 않아서 꽤나 마음을 졸였다.

「그리고, 이 말을 꼭 직접 하고 싶었어요. 오늘 데이트, 정말 즐거웠어요. 아, 제가 갑자기 이상한 짓을 해서 죄송해요. 놀랐어요?」

데이트를 강조하는 말투와 일부러 뽀뽀라고 안 하고 돌려 말하는 점이, 이치죠답다.

"나도 데이트 즐거웠어. 그건 좀 놀랐지."

「아무래도 그렇죠, 저도 제가 왜 그랬는지 잘 모르겠어요. 그렇지만요, 선배.」

"응?"

「저, 가족 말고 다른 사람한테 뽀뽀한 건 처음이에요.」

그렇게 딱 잘라 말하니까 심장이 멎을 것 같다. 뽀뽀라는 단어에, 두방망이질 치는 심장이 진정할 줄을 모른다.

평소에는 통화를 안 하기에, 괜히 더 가까이에서 이야기하는 느낌이 들고, 숨결이 닿을 것만 같다.

"나도 그래."

그렇게 말하자, 전화 너머의 이치죠는 한껏 들떠서는 기뻐했다. 미유키에게는 손을 대기도 전에 배신당한 데다가 그 일로 사람을 믿지 못하게 될 뻔했다. 그러니 만난 지 얼마 안 된 여자애와 이렇게 급속도로 사이가 가까워지리라고는 생각도 못 했다. 어떤 의미에서는 기적과도 같은 일이다.

이 일련의 일은 정말 우연에 우연이 겹쳐 생겼단 말이지. 운명일까.

그런 단순한 말로 정의하고 싶지는 않다고 부정하면서도, 어쩐지 기쁜 마음이 드는 내가 있다.

「그렇구나, 그러면 우리 서로 처음이었던 거네요?」

평소보다 아이처럼 신이 난 이치죠의 태도 차이에, 이런 면도 있구나 싶어서 재미있다. 평상시에는 청초하고 가까이 다가가기조차 어려워 보이는 인상인데 말이다.

"응, 맞아."

장난처럼 던진 말에 질세라 태연함을 가장해 답하자, '후후' 하고 달콤한 날숨이 귓가를 스친다. 마치, 바로 옆에 있는 것 같다.

「잘됐네요. 그편이 서로에게 평생 잊지 못할 추억이 되니까요.」

평생 잊지 못할 추억이라.

왠지 감회가 깊다. 그날 옥상에서 만나지 못했다면, 나는 죽어서 이 세상에 없을지도 모른다. 그래서, 우리 두 사람이 나란히 걷는 지금이, 기적 같다. 그 기적 위에, 조금씩 관계를 쌓아 가고 있다. 기쁘지 않을 리 없다.

그리고 순수하게, 이치죠가 나를 잊지 않겠다고 해 주는 것 같아서 기뻤다. 이치죠에게 이런 말을 듣다니, 영광이다.

「선배는, 대단해요……. 아무리 고통스러운 상황에서도 꿋꿋이 앞으로 나아가요.」

갑자기 칭찬을 받아 쑥스럽지만, 그건 결코 내 힘만으로 이뤄 낸 일은 아니다. 애초에 이치죠가 아니었다면, 나는 세상을 등졌을지도 모른다. 설사 죽지 않았더라도, 그 지옥 같은 현실에서 여전히 고통받고 있었을 것이다. 그건 죽음보다 더 괴롭고 고통스러운 따돌림의 지옥이었을 테니까.

그 고통을 직접 겪었기에, 따돌림당해 죽음을 택한 애들의 괴로움을 이해할 수 있게 되었다.

"그건, 이치죠가 곁에 있어 줘서……, 그래서……."

「그래도요. 저는 그저 계기에 불과해요. 하지만 선배는 확실히 앞으로 나아가기를 선택했어요. 가족에게도 솔직하게 터놓고 얘기하고, 도움을 청하기도 했어요. 그 밖에도 먼저 도와주겠다고 나서 주는 사람들도 생겼고요. 저는 할 수 없었던 일들을, 해낸 선배를 저는 존경해요.」

이치죠가 그날, 죽으려 한 일을 말하는 거라는 걸 금방 눈치챘다.

모든 것을 혼자 고민하고, 아무에게도 말하지 못한 채, 그것 말고는 더는 방법이 없다고 생각했던 걸까.

어렴풋이 이치죠가 가족과 단절된 상태임은 짐작하고 있었다. 한 발짝 파고들지 말지 고민한다. 그러다 전에 일부러 얼버무렸던 것을 기억해 낸다. 아직은, 나에게 말할 수 있을 만큼 마음의 정리가 되지 않은 거다. 누군가에게 도움을 청하지 못했던 것을 후회하며.

만일 그때 내가 곁에 있었다면, 무언가 바꿀 수 있었을까.

생각해 봤자 소용없는데도 자꾸만 그런 생각이 든다. 그래도 지금의 내가 할 수 있는 건, 이치죠 곁에 있어 주는 것뿐이다.

그러니 지금은 이치죠를 믿고 기다리는 게 최선이다.

「저는요, 선배와 만나기 전까지는, 줄곧 남들을 경계하며 산 것 같아요. 그런데 선배는 달랐어요. 자기 몸도 아랑곳하지 않고 저를 구했어요. 그래서 선배는 제게 특별한 사람이에요.」

마치, 사랑 고백처럼 들린다. 아니, 맞을지도 모른다. 만난 지는 얼마 안 됐는데도, 우리 사이에는 전우 같은 깊은 유대감마저 생긴 듯하다. 그건 애정보다도 깊은 감정이라고 생각한다. 적어도, 우리는 서로의 생명에 버팀목이 되어 주고 있다.

"고마워."

「고맙다는 말은 제가 해야죠. 고마워요, 그날, 저를 찾아내 줘서.」

서로가 서로를 소중히 여긴다고 전하듯이, 우리는 천천히 대화를 이어 나갔다.

※

——이치죠 아이 시점——

전화를 끊고, 나는 소파에 몸을 눕혔다. 시간이 훌쩍 지나서 한 시간 이상을 통화했다. 우리 사이에 달콤한 공기가 가득했던 것을 느낄 수 있었다. 방금 꾼 악몽의 여운도 어느새 가셔 있었다.

지금 이 공간에 있는 것은, 오직 사랑에 빠진 여자아이의 희망의 조각들뿐.

"왜일까, 좋아한다고 말하는 것뿐인데, 뭐가 이렇게 어렵지."

그 질문에 답해 주는 사람은 아무도 없었다. 하지만 만약 엄마가 살아 계셨다면, 분명 기뻐하셨을 것이다.

제 1 장

데이트 전날의
가해자와 복수자들의 행방

──하루 전 토요일(9월 6일 오후), 미유키 시점──

"제 못난 아들 때문에 이런 일을 겪게 해 드려 정말 죄송합니다, 면목 없습니다. 입원비나 그 밖에 들어가는 비용은 제가 부담하겠습니다."

선배의 아버지가 성심성의껏 고개를 숙인다. 하지만 엄마는 쳐다보지도 않았다.

"우습게 보지 마세요. 이 정도 돈은 저도 낼 수 있습니다. 역시 정치가시군요. 우리를 아래로 보면서도 진심으로 미안한 양 실감 나는 연기로 사과하시고. 당신 같은 사기꾼 얼굴은 보고 싶지 않으니까 얼른 가시죠."

엄마가 냉담하게 말했다. 마치 나에게도 하는 말 같아서, 마음이 아프다. 엄마가 이렇게 화내는 모습을 본 적이 없다. 내 탓이다. 엄마가 쓰러진 것도, 안 그래도 바쁜 엄마를 걱정시키고 무리하게 했다.

"그러시다면, 여기에 제 명함을 두고 가겠습니다. 무슨 일 있으시면 연락 주십시오.”

선배의 아버지는 엄마가 보지 못하게 돈이 든 봉투를 놓고 돌아갔다.

두 사람이 떠난 뒤, 조용해진 병실에서 엄마가 떨리는 목소리로 묻는다.

“미유키. 엄마는, 네가 도무지 이해가 안 돼. 그 콘도라는 애, 너한테 남자 친구가 있다는 걸 알면서도 접근한 거잖니. 어떻게 그런 남자에게……. 너, 정말 그 남자애가 좋아?”

“…….”

아무 대답도 할 수 없었다. 나조차도 이제 잘 모르겠으니까. 게다가 만약 엄마가 에이지가 우리 때문에 따돌림을 당하고 있다는 걸 알게 되면, 어떻게 될까. 들키는 게 무섭다.

“그래, 대답 안 하겠다 이거지. 네가 한 짓은, 인간으로서 잘못된 행동이야. 나는, 그런 중요한 것도 딸에게 가르치지 못한 부모고. 정말 엄마로서 최악이구나.”

홀로 나를 키워 준 엄마가, 가혹한 말을 하게 만들었다. 그 절망감에 나는 떨며 눈물을 흘렸다.

“미안해.”

“네가 사과해야 할 사람은, 내가 아니란다. 오늘은 집에 가렴. 제발, 혼자 있게 해 줘.”

차가운 거절의 말이 비수가 되어 가슴에 꽂혔다.

※

──같은 날 오후, 신고자 시점──

　나는 바람난 커플이 경찰서로 연행되는 걸 확인하고, 날이 지기 전에 학교에서 가까운 역까지 돌아올 수 있었다. 겨우 이 정도로 복수는 끝나지 않는다. 이제 시작이다.

　역사 내 물품 보관소에 넣어 둔 교복을 꺼내 화장실에서 갈아입고, 아무 일도 없었던 척 학교로 향한다. 부 대부분이 훈련과 연습을 마치고 정리하고 있다. 모의고사가 끝난 뒤라서 부 활동을 일찍 마친 학생들이 많은 듯하다.

　지금 여기서 아는 사람과 마주치더라도, 잊어버린 물건을 가지러 왔다고 하면 문제없을 터다. 오늘은 모의고사에 결석했지만, 몸이 안 좋아서 못 간다고 연락은 했다. 상태가 조금 나아져서 쪽지 시험 공부에 필요한 단어장을 가지러 왔다는 핑계를 대면, 아무도 이상하게 여기지 않을 것이다.

　설령 누군가에게 거짓말을 하더라도 무엇보다 우선해야 하는 건 복수다.

　아무에게 들키지 않게 조심하면서 축구부 부실로 향한다. 부 활동은 이미 끝난 상태였다. 내일 연습 경기가 있다고 한다. 그때 이 사진을 공개하면 된다. 나는 운동부가 아니지만, 교복을 입고 운동장 근방을 어슬렁거린다고 해서 수상하게 생각하지는 않는다. 우리 학교는 부실이 운동장과 떨어져 있고, 운동부 부실은 따로 모여 있는 구조다. 연습을 마치고 교복으로 갈아입고 하교하려는 학생으로밖에 보이지 않을 것이다.

태연하게 시치미를 떼며 편의점에서 인화한 사진을 넣은 봉투를 축구부 부실에 실수로 떨어뜨린다. 문틈 사이로, 미끄러뜨려 봉투를 던져 넣었다.

축구부는 콘도를 신처럼 떠받드는 녀석들투성이이다. 아오노를 괴롭힌 것도, 제 나름의 정의를 내세우며 적극적으로 가담한 사실을 이미 확인했다. 그러므로 그런 악당들에게 베풀 온정 따위는 없다. 이건 시한폭탄이다. 다들 인정하다시피 콘도의 축구 재능은 뛰어나다. 그 재능에서 비롯된 카리스마도 성가시다. 그러나 그 카리스마에 의존하는 건 약점이기도 하다. 유리 세공처럼 여린 카리스마를 의심이라는 망치로 산산조각 내 버리면 되니까.

"이 사진으로, 축구부는 틀림없이 공중분해 될 거야. 설령 이번 일을 어찌어찌 넘긴다고 해도, 중요한 대회는 이길 수 없어. 그다음은 부원들이 알아서 이야기를 부풀려 줄 테니까 말이지."

축구부의 미츠다는 콘도의 권위를 등에 업고 사는 똘마니 같은 놈이다. 아오노를 괴롭힌 것도, 2학년 축구부 부원들이 움직인 거라는 걸 이미 조사를 끝냈다.

멍청한 놈들. SNS만 뒤져서 추적해도 축구부가 어디까지 괴롭힘에 관여했는지 다 나오는데.

학교도 이미 조사를 시작했을 테니, 거의 탄로 난 상태일 것이다. 이쯤에서 결정타를 날려 주면, 남은 건 혼란 속에서 알아서 자폭하도록 기다리면 된다.

하지만 학교가 일부러 녀석들을 내버려두는 걸 보니, 뭔가 노림수가 있는 듯하다. 두 가지 가설을 들 수 있다.

가설①

'학교는 이번 사건의 주범이자, 비열한 수단으로 타인에게 죄를 뒤집어씌우려 할 가능성이 있는 콘도를 확실하게 단죄하기 위해 결정적인 증거를 수집 중이다.'

이 가설이라면 나로서도 움직이기 수월하다. 이미 콘도에게 불리한 사진 데이터를 갖고 있으니까. 나 역시 선생님들에게 적극적으로 협조하면, 콘도를 몰아붙일 수 있다.

가설②

'학교도 은폐에 적극 가담하고자 한다.'

이러면 이야기가 골치 아파진다.

사진 데이터만으로는 단순한 불순 이성 교제 정도로 가벼운 처분을 받고 마무리될 위험도 있다.

콘도의 부모가 이 지역의 종합 건설 회사 사장이자 시의회 의원이라는 점이 일을 더 복잡하게 만들고 있다.

가설①이라면, 그럭저럭 거물인 놈의 부모가 움직이기 전에 결정적 증거를 확보해서 찍소리도 못 하도록 완벽하게 논파하여 징계할 타이밍을 가늠하고 있을 가능성이 높다.

가설②라면, 그놈 부모의 영향력을 두려워한 학교 또한 은폐에 자발적으로 가담하고 있다고 보고, 다른 시의회 의원이나 교육위원회를 의지하는 편이 나을지도 모른다.

폭로 계정에 제보하는 것도 고려했으나, 확실히 다뤄 줄지 알 수 없을뿐더러, 아오노 사건을 자극적으로 편집해 2차 피해를 보게 할 위험이 너무 커서 단념했다.

"축구부가 와해하고, 중요한 대회에서 참패한들 콘도는 경력에 다소의 오점이 남는 정도일 뿐, 그 자식은 곧 뻔뻔하게 살 거야. 그리고 앞으로도 많은 사람들을 상처 입히겠지, 아오노처럼."

솔직히 말해서 나는 나 자신을 용서할 수 없었다.

그때 뭐라도 했다면, 콘도가 그렇게 거만하게 제멋대로 설치는 일은 없었을 텐데. 녀석들을 막을 수 있는 건 나밖에 없었는데.

이제는 증오밖에 남지 않은, 한때 소꿉친구였던 얼굴이 떠오른다. 이번 일로, 불안정한 그 여자의 멘탈은 틀림없이 붕괴할 것이다. 하지만 붕괴하든 말든 내 알 바 아니다. 나를 버린 여자보다는 힘들 때 곁에 있어 준 친구를 우선하는 게 당연하다.

나는 마음이 갈기갈기 찢겨 방에 틀어박혔다. 고등학교를 1년 유급하고 힘들게 노력해서 이 학교에 들어올 수 있었지만, 결국 콘도가 벌이는 악행의 피해를 키운 건 나의 책임이기도 하다.

"어, 엔도. 어쩐 일이야? 과학부는 오늘 쉬는 날 아니었어? 그리고 너, 어제부터 몸이 안 좋다고 쉬었잖아. 오늘 모의고사도 안 치고."

갑작스레 등 뒤에서 불려, 무심코 뒤를 돌아본다. 돌아본 곳에 서 있던 사람은, 궁도 도복을 입은 같은 반 친구 이마이였다.

이 우연한 만남에 감사한다. 이마이는 아오노의 또 다른 소꿉친구이자 절친이다. 아오노와의 인연으로 고등학생이 되고 생긴 나의 두 번째 친구. 이마이라면 분명 무언가 알고 있을 것이다.

이마이와의 만남으로 내 복수는 한고비를 넘을 수 있으리라.

주사위는 던져졌다. 신은 내 편이다.

"아, 깜박한 물건이 있어서. 다음 주에 영어 단어 쪽지 시험 보잖아. 단어장을 놓고 가서 가지러 왔어."

미리 생각해 둔 핑계를 댄다. 아무리 머리가 좋은 이마이라도, 수상하게 여기지 않을 것이다.

"그렇구나. 그래도 몸이 안 좋다며. 모의고사도 안 보고 쉴 정도로. 너무 무리하지는 마. 나한테 말했으면, 너희 집까지 가져다줬을 텐데."

"그러면 미안하잖아. 그리고 사물함을 잠가 뒀거든."

일단은 납득한 것 같아서 나도 본론으로 들어간다. 의심을 피하는 첫 번째 관문을 통과했다. 지금부터가 본론이다.

"그건 그렇고 아오노는 괜찮아? 걱정돼서 라인으로 메시지 보냈는데, 읽지를 않더라고."

분명 일부러 확인하지 않는 거다. 나였어도 그랬을 테니까.

이렇게까지 학교 전체적으로 악의가 집중포화를 받는 상황에서는 무서워서 SNS 같은 건 볼 수가 없다.

그리고, 소중한 친구를 그런 상황에 몰아넣은 녀석들을 용서할 수 없다. 고마운 은인이 장난감처럼 괴롭힘의 대상이 되었다. 용서할 수 있을 리가 없다.

"아아, 어찌어찌 지내는 중. 엔도도 걱정 많이 했구나. 다행이야, 우리 말고도 아직 걱정해 주는 사람이 있어서."

"당연히 걱정하지. 아오노는 소문으로 도는 짓을 할 성격이 아니잖아."

"그러면 주말 지나고라도 나랑 같이 보러 가자. 요즘 보건실로 등교하고 있어. 타카야나기 선생님하고 다른 선생님들 덕분에 많이 회복한 것 같아. 엔도도 가 주면, 분명 그 녀석, 엄청나게 기뻐할 거야."

고마워, 이마이.

선생님들 덕분에 아오노가 회복 중이라는 정보를 얻었다. 이 정보는, 내 복수에 매우 중요한 정보다. 적어도 학교가 사건을 덮을 생각은 없어 보인다. 그런 낌새가 조금이라도 있었으면, 이마이는 틀림없이 강경 수단을 썼을 테니까.

학교를 믿을 수 있다는 걸 알았다. 즉, 내가 세운 가설①이 맞을 가능성이 높아졌다.

그렇다면, 일단 학교에도 사진 데이터를 넘기고 상황을 지켜보자.

학교 홈페이지에 연락용 팩스 번호가 적혀 있었을 터. 지금 시대에 팩스라니 너무 구시대적이지만, 이번만큼은 오히려 잘됐다. 메일 서버를 추적당해 신원이 드러날 위험을 고려하면, 불특정 다수가 쓰는 편의점의 복합기를 통해서 팩스를 보내는 게 발신인을 가려내기가 어렵다.

팩스로만 보내면 장난으로 치부하고 넘어갈 수 있으니, 학교 우편함에도 인화한 사진이 담긴 봉투를 타카야나기 선생님 앞으로 넣어 두자.

이것으로 복수의 2단계 완성이다.

"그럼, 나는 가 볼게. 다음 주에 보자."

평정을 가장하고 빨리 이야기를 일단락 짓고 돌아선다. 여기서 내 복수에 이마이가 휘말리게 둘 수 없다. 괜히 내 편을 들다가 콘도 일당에게 원한을 사는 건 절대 안 된다. 이마이까지 아오노처럼 돼 버리면, 나는 진짜로 나 자신을 용서하지 못한다.

"그래, 몸조리 잘하고. 아, 맞다, 엔도. 오지랖……, 아니, 그냥 내 망상일지도 모르지만……."

　평소에는 시원시원한 이마이가 웬일로 말을 꺼내기 어려워한다.

"응?"

"너무 무리하지 마. 정 힘들면, 나도, 선생님이라도 좋으니까, 누군가에게 기대. 부탁이야."

찰나의 순간, 시간이 얼어붙었다.

설마, 들켰나. 어떻게, 알았지. 정보라고는 준 게 없는데.

문득 내가 난감한 표정을 짓고 있다는 걸 깨닫고 황급히 억지로 웃음을 지어 보인다.

들키지 마.

이마이는 머리가 비상하고 눈치가 빠르다. 적고 단편적인 정보만으로도 나의 진실에 도달할 위험성이 있다. 그리고 그에게 들키면, 이마이는 필시 나를 도우려 하다 위험을 무릅쓸 우려가 있다.

"어? 아, 감기 말이지? 걱정해 줘서 고마워."

아슬아슬한 와중에 변명을 짜내자, 이마이도 웃는다.

늘 짓는 미소였다.

"그래, 감기 얘기야. 굳이 단어장 가지러 학교까지 오면 고생이잖아."

나는 긍정도 부정도 하지 않고, 일부러 얘기에 맞추어 웃었다.

우리 둘은 웃으며 헤어졌다.

※

——같은 날 저녁, 타카야나기 시점——

모의고사가 끝나서 원래라면 바로 퇴근해도 됐지만, 여러모로 남아 있는 업무들이 있어서 교무실에서 야근하며 처리해 나간다.

어찌어찌, 격동의 한 주가 끝나 가네.

싸움은 이제 막 시작됐으나. 일단 아오노의 보충 수업은 차질 없이 진행됐고, 학부모와 연락을 취할 수 있는 체제도 원만하게 마련했다. 교직원들과도 신뢰할 수 있어서 지금까지는 순조롭다고 생각한다. 내일은 아마 휴일 근무를 해야 하겠지만, 조금만 더 힘내자.

"순조롭다니. 하여간, 그런 생각을 하는 것만으로도, 참 건방지다. 없는 게 좋을 문제를 일으켜 놓고는. 학교에 책임이 없는 것도 아니면서."

약한 마음을 비치고 만 나에게 자기혐오를 느낀다. 문제는 한 가지 더 있다. 부담임인 아야세 선생님이 아오노 일로 책임감을 느끼고 우울해하다가, 결국 몸 상태가 안 좋아져 병가를 내고 쉬고 있다. 가능하다면 위로해 주고 싶지만, 지금은 아오노를 우선하고 있어, 교장 선생님과 교감 선생님께 맡겼다.

이번 일은 반성할 점투성이다. 그렇다고 너무 가라앉아서는 안 된다. 판단력이 흐려지고 이 문제가 길어질수록 체력 싸움이 된다.

조금 피로가 쌓였나 보군. 많은 분의 도움을 받으며, 어떻게든 여기까지 왔으니.

여러 사정으로 미뤄진 쪽지 시험 채점을 마치고, 잠깐 쉬려고 자리에서 일어섰다.

커피라도 마시면서 기분 전환을 하자.

찬장에 넣어 둔 컵과 인스턴트커피를 양손에 들고, 복합기 앞을 지나치는데 팩스 수신음이 났다.

"팩스? 요즘 시대에 웬 팩스."

교육위원회에서는 가끔 팩스로 연락이 오기도 하지만, 이메일 전성기조차 넘어선 지금은 레이와 시대 2019년 5월 1일부터 사용된 일본의 연호.

다. 라인으로 학생들과 메일링 리스트 같은 걸 만드는 선생님도 많다는 얘기를 들을 정도다. 이메일조차 과거의 산물이 되어 가는 현실에 놀라울 뿐이다.

뭐가 왔나 확인해 보니, 사진 같은 것이 인쇄되어 나와 있었다.

"이건?!"

해상도가 상당히 낮다. 팩스라 어쩔 수 없지만. 하지만 내가 찾던 증거를, 팩스가 토해 내었다.

흑백이라 알아보기 어렵지만, 이 팩스 데이터는 학교 서버에도 파일로 저장되어 있을 터. 데이터를 확인하면 바로 알 수 있다.

커피의 존재는 까맣게 잊고 곧장 서버 내의 이미지 데이터를 찾기 시작했다.

이미지 소프트웨어를 사용해 채색을 보정한다. 그것만 해도 팩스보다 훨씬 알아보기 쉬워진다.

"콘도와 아마다가……."

언제 찍힌 사진인지는 알 수 없다. 하지만 두 사람은 분명 러브호텔로 들어가는 도중이었다. 두 번째 사진은 두 사람이 경찰에게 붙잡힌 장면이었다. 게다가 손 글씨 메모로 이렇게 적혀 있었다.

「학교 우편함에 원본 컬러 사진을 넣어 놨습니다. 확인해 주세요.」

면담 때의 증언이 떠오른다.

'저랑 에이지는 이별 문제로 사이가 안 좋아진 건 맞지만……, 그때 상담을 들어 준 콘도 선배와 같이 걷는 모습을 보고 에이지가 오해한 거예요.'

'저희가 우연히 만나 같이 걷는 걸, 그 녀석이 본 거죠. 그래서 바람을 피운다고 생각했겠죠.'

그 둘의 증언은 역시 거짓이었다는 뜻이다. 이로써 다시 한번 압박을 가할 수 있을 것이다. 이 사진으로 조사가 잘 된다면, 진실이 드러나는 게 바로 눈앞으로 다가올지도 모른다.

하지만 한 가지 불안한 점이 있다.

이 익명의 제보자다. 추측건대 교직원이 아니라, 우리 학교 학생일 거다. 보호자일 가능성도 없지는 않지만, 그랬다면 굳이 이렇게 번거로운 방법을 택할 필요는 없었으리라.

익명의 학생은, 이 사진을 어떻게 찍은 거지.

상당한 위험을 무릅썼을 것이다.

콘도나 아마다에게 엄청난 원한을 품었거나, 아오노에게 은혜를 입었거나. 아마 둘 중 하나겠지만, 그럼에도 자신을 희생해도 상관없다는 듯한 굳건한 각오가 이 사진에서 느껴진다.

10대인 아이가…….

어떤 가혹한 일을 겪고 견뎌야 그런 각오를 할 수 있을까.

애초에, 아직 어른에게 보호받아야 할 미성년자인데.

교직에 종사하며 어른으로서 아이를 지켜주지 못한 모습은 수도 없이 봐 왔다.

돼먹지 못한 부모의 빚 때문에 학교에 다닐 수 없게 된 학생.

부모에게 사랑을 받지 못하고 자라 비행 청소년이 된 학생.

그리고, 이번 아오노처럼 악의적으로 괴롭힘을 당하여 미래를 망칠 뻔한 학생.

나는 그런 학생들을 찾아내 손을 내밀고 싶다. 오만하다고 할지도 모르지만, 그것이 교사라는 직업을 택한 내 책임이라고 생각했다.

무슨 일이 벌어지기 전에, 이번에는 절대로 늦지 않게.

전부 해결할 것이다.

나는 교장 선생님과 교감 선생님께 연락해 정보를 공유했다.

그로부터 몇 시간 후, 두 분이 학교로 와 주셨다.

"타카야나기 선생, 늦게 와서 미안하네."

교장 선생님이 정말 미안하다는 듯 사과하셨다.

"아닙니다, 원래 야근할 예정이어서요……."

두 분을 기다리는 동안, 업무를 처리할 수 있었다. 이 사진은 모든 증언을 뒤집을 수 있을 만큼 강력한 증거가 될 수 있다. 물론, 콘도를 향한 악질 장난일 가능성도 있지만, 내가 보기에는 조작되거나 한 부자연스러운 사진은 아니다.

최소한, 이 사진을 보여 주고 다시 콘도와 아마다에게 이야기를 들을 필요가 있다고 생각한다. 그리고 두 사람이 정말 거짓말을 하지 않았는지 확인해야 한다.

"바로 연락해 줘서 고마워."

말씀을 잇는 교장 선생님.

"하지만 그 사진을 찍은 사람이 학생이라면, 큰일이야. 당장 촬영한 사람을 찾아서 보호해야 해. 이대로라면 그 학생까지 위험에 처할지도 몰라. 그건 어른의 일일세. 학생들은 보호받아야 할 존재니까.”

교장 선생님이 초조해하며 골똘히 생각에 잠긴다. 상사가 나와 같은 생각을 한다는 사실에 안심했다. 역시 이분들은 믿을 수 있다.

“맞습니다. 아마, 꽤 위험한 짓을 했을 테지요. 게다가 이 일이 축구부에 알려지기라도 한다면, 보복하려고 촬영자의 정체를 찾아낼지도 모릅니다. 그러다 폭행 소동이라도 벌어진다면…….”

교감 선생님도 머리를 감싸 쥐었다. 그거야말로 최악의 사태다. 더 이상 학생이 위험한 상황에 놓이게 하고 싶지 않다. 그건 교사라면 당연한 마음이라고 생각했다.

“타카야나기 선생, 뭔가 좋은 생각 있나? 나는 더는, 학생이 상처 입는 모습을 보고 싶지 않네.”

교장 선생님이 진심으로 걱정스러워하며 물으신다.

나는 두 분이 오기 전까지 정리한 내 생각을 설명했다.

“네. 저도 기다리는 동안에 여러모로 조사해 봤습니다. 콘도와 아마다는 오늘 모의고사를 몸이 안 좋다고 쉬었습니다. 그리고 사진이 찍힌 시간도 아마 시험을 친 시간대일 겁니다. 이런 사진을 유포할 정도이니, 콘도에게 원한이 깊거나 아오노의 친구일 듯싶습니다. 둘 중 하나일 경우가 유력해요. 그래서 지금, 모의고사를 보지 않고 쉬었거나 부를 들지 않은 학생 중에서, 해당 조건에 맞는 학생들을 추리고 있습니다.”

나는 곧바로 해당자 명단을 두 선생님께 보여 드렸다.
이 명단 안에, 분명 사진을 찍은 사람이 있을 것이다. 우리
는, 그 학생을 반드시 지킨다. 더는 이 일로, 상처받는 아
이들이 나오지 않게 하기 위해서.

인생
역전

제 2 장　와해하는 가해자 측

——9월 7일 아침, 축구부 후배 시점——

우리는 평소처럼 훈련을 마치고 부실로 왔다. 몸은 힘들지만, 큰 대회를 앞두고 있어 지금은 버텨야 할 때다.

우리 축구부는 콘도 선배가 입학하기 전까지 약소교였다. 그런데 고등학생의 실력을 뛰어넘은 그 천재 덕분에 우리 학교는 밑바닥에서 올라와 작년에는 전국 대회에도 출전할 수 있었다. 선배는 이 지역에서는 약체였던 축구부를 전국 수준으로 끌어올린 영웅이다.

그런 콘도 선배를 동경해서 입학한 우리 2학년과 1학년은, 중학생 때 활약했던 선수들로 구성되어 있다.

작년보다 선수층이 두터워진 걸 생각하면, 올해 전국 대회에서는 작년보다 더 좋은 성적을 낼 수 있을 게 틀림없다.

우리는, 콘도 선배에게 심취해 있다.

그래서 선배를 위해서라면 뭐든지 할 수 있다.

우리가 아오노를 괴롭힌 것도, 전부 선배의 기대에 부응하기 위해서다.

콘도 선배가 기뻐한다면, 우리는 어떤 일이든 한다.

"콘도 선배, 진짜 대단하지 않냐? 훈련도 안 하는데, 어쩜 그렇게 잘하지."

아이다가 흥분한 기색으로 말한다. 이 녀석은 나보다도 선배한테 심취했다. 거의 팬이나 다름없다.

"그러니까. 특히 볼 터치가 섬세해."

"볼 터치는 뭐, J리그 수준이지. 저런 천재는 본 적이 없어. 선배는 일본 축구의 보물이 될 거야. 무조건!"

흥분해서 말하는 아이다에게, 나는 말 없이 웃으며 약간의 냉정을 되찾았다.

타카야나기 선생님의 면담 조사에서는 발뺌이 쉬웠지만, 조금은 무섭기도 했다. 이번 일로 내가 소심하다는 걸 알았다.

아이다는 콘도 선배가 잘못했을 리 없다며 광신도적으로 생각하고 있어서, 불안하다고 말해도 웃어넘기고 말겠지.

'멍청이야, 콘도 선배가 잘못을 범할 리가 없잖아'라면서.

"야, 부실 문 쪽에 못 보던 봉투가 있던데, 누가 떨궜냐?"

3학년 미츠다 선배가 우리에게 큰 소리로 물었다.

"그게 뭐예요? 받는 사람 이름도 없네요. 뜯어 봐야 알겠는데요?"

"그것도 그러네."

내가 그렇게 말하자, 선배가 동조하며 봉투를 찍찍 뜯는다.

“뭐야, 이거.”

선배의 얼굴이 순식간에 붉으락푸르락해졌다가, 이내 창백해진다.

손을 떨며 봉투와 그 안에 든 사진을 발밑으로 떨어뜨린다.

우리는 떨어진 사진을 주워서 다 같이 보았다.

보지 말아야 했다. 안 보는 게 행복했을 거다. 알고 싶지 않았던 정보가 사진에 찍혀 있었다.

첫 번째 사진은, 선배가 아마다 미유키와 함께 러브호텔로 들어가는 순간을 도촬했다. 사진에서는 둘 사이의 친밀함을 엿볼 수 있었다.

사진을 본 나와 아이다는 동요했다.

분명 선배는, 아마다에게 남자 친구인 아오노의 폭력과 스토킹 상담을 받았다고 했다. 이 사진이 언제 찍혔는지는 모르지만, 이것만 보면 두 사람이 사귀는 사이라고밖에 생각할 수 없었다.

아오노가 정말로 아마다를 괴롭힌 게 맞나?

사진만 놓고 보면, 오히려…….

선배가, 아마다와 바람을 피운 거로밖에 안 보인다.

“말도 안 돼, 조작일 거야.”

옆에서 아이다가 떨면서 말한다. 녀석 안에서 완전무결한 선배의 이미지가 깨졌다는 걸 알 수 있었다.

그리고 이성적으로 생각하면 우리는 선배의 거짓말에, 무시무시한 짓을 저질렀다.

"아니, 애초에 불순 이성 교제잖아. 이런 러브호텔은, 미성년자는 이용할 수 없을 텐데. 이 사진이 공론화되면, 대회에 나갈 수나 있겠어? 팀은 참가해도, 콘도가 없는데 우리가 이길 수 있겠냐고."

3학년 선배가 고함을 내질렀다. 선배들은 올해 대회에서도 좋은 성적을 내어, 추천 입시로 대학에 진학하기를 바라고 있었다. 그렇기에 이번 대회가 매우 중요했다.

"이거, 누가 찍은 걸까. 혹시 우리 부원이야? 부원이 찍은 게 아닌 이상, 부실에 봉투가 있을 리가 없잖아."

미츠다 날카로운 목소리로 말한다. 다들 서로를 의심의 눈초리로 바라본다. 어쩌면 이 중에 있는 누군가가 배신자이자 범인일지도 모른다. 모두가 적처럼 보인다.

"다음 사진도 빨리 보여 줘."

내가 들고 있던 사진은, 더 있었다.

첫 번째 사진을 뒤로 넘기니, 방금 사진보다도 절망적인 광경이 담겨 있다.

경찰에게 어깨를 잡힌 아마다와, 도망치려다 경찰에게 제압당해 땅바닥을 구르고 있는 콘도 선배의 모습이었다.

"거짓말. 이거 완전 초대형 스캔들이잖아. 팀의 에이스가 경찰한테 붙잡히다니. 연대 책임으로, 우리 추천도 날아가 버릴 텐데. 아니, 그뿐만이 아니야. 잘하면 부 해체까지도……. 그렇게 되면 우리는 어떻게 되는 거야?! 그런 건 싫다고, 나는!!"

미츠다 선배가 신경질적으로 소리치며 주저앉아 울음을 터트린다.

부 해체? 부가 해체되면, 우리 미래는 어떻게 되는 거지? 애초에 선배는 왜 경찰한테 붙잡혔지. 우리 설마, 범죄에 가담하게 된 건가? 아오노에게 잘못이 없다면. 그러면 우리도 공범이…….

조금 전까지만 해도 존재했던 밝은 미래가 와르르 무너져 내리는 소리가 들렸다.

"범인. 이 사진을 찍은 범인. 빨리 나와. 안 나오면 죽여 버린다."

"너냐? 너, 항상 선배한테 불만 있었잖아."

"3년간 한 노력과 고생이 물거품이 된다니."

의심은 걷잡을 수 없이 퍼졌다.

부실이 순식간에 지옥으로 변했다. 서로를 의심하고, 죄를 전가하는 지옥이 시작되었다.

그 지옥에, 전(前) 카리스마가 나타났다.

※

──같은 날 아침, 콘도 시점──

나는, 그 후 경찰서에서 있던 여러 일을 뒤로하고 집으로 돌아왔다. 아버지는 남아서 미유키네를 따라나섰다. 일이 복잡해질 거 같다는 이유로 강제 귀가했다. 그리고 푹 자고, 연습 경기 날이 되었다.

그나저나 겨우 스트레스를 풀었는데, 뒷맛이 개운찮네.

부실로 향한다. 다른 현의 중견 고등학교가 우리 학교로 와 준다고 한다.

걔들을 박살 내고…….

응원하러 오겠다던 편리한 여자 1호랑 놀면 되겠다.

"하아~, 즐거운 내 인생~."

좋아, 어디 그러면 한껏 격 낮은 것들 괴롭히면서 스트레스나 풀어 볼까. 아직 좀 졸리지만.

의기양양하게 부실 문을 열었는데 이미 부원 대부분이 모여 있었다.

그런데 평소와는 전혀 다른 차가운 시선이 내게 꽂힌다.

"뭐, 뭐야, 너희. 왜들 그래."

에이스인 나를 이런 눈초리로 맞이할 리가 없다. 뭔가 이상하다.

"콘도, 너!!"

주장을 맡고 있는 와타나베가 내 멱살을 잡아채 그대로 사물함 쪽으로 밀어붙인다.

"아프잖아!! 이 자식아, 뭐 하는 짓이야!"

사물함에 몸이 짓눌린 것을 즉각 항의했다. 아무리 와타나베가 주장이라지만, 해도 되는 일과 안되는 일이 있는 법이다.

"닥쳐. 너, 뭔 짓을 하고 다니는 거야. 이 중요한 시기에!!"

"하아?"

무슨 말인지 모르겠다.

이 새끼들이 단체로 쥐약을 처먹었나.

"시치미 떼지 마, 이 사진을 봐!"

그러면서 내민 사진에는, 나와 미유키가 러브호텔에 들어가는 장면과 내가 경찰에게 제압당하는 결정적인 순간이 찍혀 있었다.

뭐야, 이거. 대체 누가…….

설마, 배신자가 있는 건가. 순식간에 핏기가 가셨다.

잠깐, 어디까지 들켰지? 혹시, 선생들한테도 보냈나? 아니면…….

아버지가 애써서 무마해 주기로 했는데, 경찰에게 연행되기 직전의 사진이 찍혔다.

안 돼, 안 돼, 이건 안 돼.

이게 유포되면 내 추천이, 영광스러운 미래가 막힌다.

"몰라, 나 아니야!"

말도 안 되는 소리가 입에서 튀어나왔다.

내가 아닐 리 없는데.

"어떻게 뜯어 봐도 너잖아! 장난도 적당히 해!"

멱살을 잡힌 채로 다시 사물함에 처박혔다. 둔탁한 통증이 계속해서 덮친다.

굴욕, 굴욕, 굴욕.

나는 축구부의 왕이야. 왕에게 반기를 드는 놈은 사형이라고!! 이런 데서 에이스이자 왕인 내가 다치기라도 하면 어쩌려고 이래?

너희들의 미래는, 내가 쥐고 있어.

"시끄러워."

"너 하나 때문에 우리의 마지막 대회는 어떻게 되는 건데. 나는 스포츠 추천 입시에 모든 걸 걸었어. 지금부터 수험 공부를 시작해 봤자 늦는다고. 네가 저지른 비행 탓에 대회에 못 나가면 어쩔 셈이야? 축구부가 해체되기라도 하면, 내 인생은 끝이야. 내 청춘 돌려내, 우리 청춘 돌려내라고!!"

"아까부터 얌전히 듣고 있으니 잘도 지껄이네. 내 재능 덕에 여기까지 빌붙어 올 수 있던 주제에, 조잘조잘 씨부렁대기는."

나는 있는 힘껏 와타나베의 몸을 밀쳤다.

때리지 않으면 속이 안 풀릴 것 같다.

"너 이 새끼."

와타나베가 살의 어린 시선으로 나를 노려본다. 나도 응수한다.

"야, 잘 들어, 학교에서 나를 처벌할 리 없잖냐. 이건 그냥 불순 이성 교제야. 고등학생 중에 안 하는 놈들 빼고 다하는 짓이야. 잠깐 정학이나 먹을까? 부 활동에 영향도 안 끼쳐. 게다가 우리 아버지는 시의원이야. 상류 국민이라고. 이런 추문 따위는 간단히 무마할 수 있어. 너희와 나는 계급이 달라! 너희 가치관으로, 선택받은 나를 평가하지 마.”

“뭐?!”

“학교도 나를 못 버려. 고교 축구에서 활약 중인 내게 징계를 내린 게 외부에 알려지면, 대형 스캔들이라 학교 이미지에 큰 타격이 갈 텐데. 보수적인 선생들이 그렇게 되도록 둘 리가 없지.”

나는 빠르게 퍼부었다.

“그렇겠네요!”

후배 중 누군가 그렇게 외쳐 줬다.

그래, 당연히 그렇고말고.

나는 그 말에 도취되었다. 몇 명은 손뼉까지 치며 나를 치켜세운다.

기분 좋군. 기분이 조금 풀린다.

“명심해, 나는 무적이야. 변변찮은 너희들과는 애초에 기대치부터가 다르다고!!”

그래, 난 특별해. 전부, 아버지가 어떻게든 해 줄 거다. 내 축구 재능이 어떻게든 해 줄 거다.

누구도 나를 거역할 수 없어!!

“콘도!”

이렇게까지 했는데도 여전히 내게 대들려는 와타나베에

게 내가 외친다.

"하나 묻자. 너희들은 내 하인이잖아. 너희가 아오노의 괴롭힘에 가담한 짓은, 지울 수 없는 사실이야. 그게 들통 나면 어떻게 되려나. 거기다 내가 빠지면, 너희끼리 대회에서 이길 수 있을까? 야, 말해 봐. 이길 수 있겠어? 나 없으면 추천은 받을 수 있을 것 같아?"

내 도발에 와타나베는 분노로 몸을 떨면서도 말문이 막혔다. 내 독이 잘 먹힌 듯하다.

그래, 재능도 없는 너희 같은 서민 놈들은 나한테 지배당하는 것을 기쁘게 받아들여야 해. 알겠지? 자, 분하다는 표정으로 폭언을 뱉고, 나를 받아들여. 내 노예가 돼.

"제길."

와타나베가 분한 마음에 욕지거리를 뱉으며 얼버무리려 한다.

그걸로 넘어갈 수 있으리라고 생각하지 마.

와타나베가 쓰레기통을 세게 걷어차 쓰레기를 흩뿌린다.

효과 좋네. 너는 경기 끝나면 내게 무릎 꿇려 머리 박고 사죄하게 해 주마. 그러지 않으면 내 분이 풀릴 것 같지가 않거든!!

"알아들었으면 됐어. 그래. 그렇겠지, 내가 없으면 못 이기지. 그러면 얌전히 있어, 잡것들아!"

나는 부원들을 비웃으며 유니폼으로 갈아입는다.

내가 왕이야. 잘 알았겠지, 서민 새끼들!!

이놈들 목숨줄은 내가 쥐고 있어. 그래, 애들은 어차피 노예일 뿐이야. 내가 이놈들을 어떻게 대하고 다루든 내 마음이야. 오히려, 이놈들한테도 그게 행복이야. 분명 그럴 것이다.

"그러면 앞으로, 너 때문에, 우리가 불이익을 당하면 책임져."

와타나베가 한심하게 그렇게 말했다.

노예가 나불거리기는.

나는 웃으며 무시한다.

"그럼, 너도 나한테 울며 사과할 각오나 단단히 해 둬!!"

그렇게, 나는 와타나베를 견제했다.

내가 앉은 자리는, 얕보이면 끝이니까.

괜찮아, 아직 분명 괜찮아. 나는 선택받은 사람이니까!

방금 쌓인 스트레스는 모조리, 오늘 연습 경기로 날려 버리겠어. 내가 유용하다는 것을 증명해 주지.

나는 몸을 떨며 경기장으로 향했다.

괜찮아, 이건 흥분으로 떨리는 거야.

※

──같은 날, 엔도 시점.──

학교 건물의 빈 교실에서 축구부의 연습 경기를 관전
했다.

우리 학교는 대학 입시에 중점을 두는 학교라, 휴일에도
교실을 자습실로 개방해 준다.

뭐, 기본적으로 학원에서 공부하는 학생이 많아서 3학년
이외의 교실에는 사람이 거의 없다.

그래서 감시하기에 제격이다.

쌍안경을 들고 와서 축구부의 동태를 관찰한다. 역시나,
콘도에게 패스가 가지 않고 있고, 전체적으로 팀의 활동량
이 떨어졌다.

어제 찍은 사진이 꽤 타격을 준 모양이야.

콘도도 경기가 잘 풀리지 않아 조바심을 내어 점점 고
립되고, 상대적으로 급이 낮은 상대 팀에 추가점을 헌상
한다.

우스울 정도로 참패했다. 축구부 전체가 괴롭힘에 관여
했다면, 잘된 일이다. 꼴 좋다.

경기장 근처에 전 여자 친구가 응원하러 온 것이 보였다.
이제는 옛 모습을 전혀 찾을 수 없는, 한때 소꿉친구이기
도 했던 연인의 모습은 완전히 타락해 혐오감마저 들었다.

아무래도, 내 계획이 순조로운 듯하다. 경기에 처참하게
패해 너덜너덜해진 콘도는, 그녀를 스트레스의 배출구로
삼으려 하겠지. 장난감 취급을 당하면서도 여전히 콘도에

게 매달릴 수밖에 없는 전 연인이 가엾기까지 하다.

계획대로 된다면 이번에도 재미있는 광경을 볼 수 있을 터.

그리고 그 재미있는 광경을, 아마다에게 흘리는 거다. 그렇게 하면 콘도는 더욱더 망가진다. 놈은 축구부와 여자들, 큰 기둥 두 개를 모두 잃을 것이다. 저놈 탓에 모든 걸 잃은 것도 모자라 깊은 상처까지 얻게 된 아오노에 비하면 이건 복수라고 치기에도 뭣하지만.

뭐, 솔직히 콘도가 따돌림의 주모자라는 결정적 증거를 수집하기는 쉽지 않겠지. 축구부 전체가 얽혀 있을 테니, 웬만해서는 부원들도 제 보신을 위해 자백 같은 건 안 할 게 분명해.

그래서 이번 작전은 당사자들 사이에 의심의 씨앗을 싹 틔워 흔들고, 그들이 천천히 자멸하도록 유도하는 게 목적이다.

학교 쪽에도 정보를 흘렸다. 앞으로 압박이 더 심해질 테다. 초조한 나머지 누군가가 결정적으로 자멸할지도 모른다. 그렇게 되면 대성공이다.

서로 의심하게 만들면 반드시 배신자가 나온다.

콘도는 측근에게 배신당해 사회적으로 매장될 것이다.

"최고의 쇼를 보여 주길 기대할게. 쓰레기들아!"

저곳에 있는 놈들 대부분이, 나의 복수 대상이다.

※

──경기장, 콘도 시점──

"뭐야, 대체."

점수판에는 1:4라는 숫자가 표시되어 있었다.

평소대로라면 우리가 압도적으로 이기고 있어야 하는데.

왜지, 왜지, 왜지.

열등한 상대 팀에 넉 점이나 실점하고, 후반전 추가 시간이 된 건 또 왜지. 벤치가 평소처럼 나에 대한 찬사로 넘쳐 나야 하는데, 지금은 완전히 초상집 분위기를 넘어 무(無)에 가까워지고 있다.

"이런 결과, 납득 못 해!"

후반 마지막 공격 타이밍에서 내가 날린 롱 숏이 골대를 한참 넘어 날아갔다.

그리고 무정하게도, 경기 종료 호루라기가 울렸다.

"잘난 척은 있는 대로 해 놓고, 마지막 숏이 그게 뭐야? 우주로 날렸어? 도대체 공을 어디로 차는 거냐?"

와타나베가 비웃는 소리가 들렸다.

"뭐라고?!"

내가 노려보자…….

"역시 상류 국민께서는 다르시다고요! 의식 수준이 너무 높으셔서 저희 같은 서민들은 도무지 따라잡을 수가 없네요."

와타나베는 나를 향해 조금도 주눅 들지 않고 악의를 담아 조롱했다.

격분해 주먹을 휘두르려는 나를, 팀원들이 황급히 말렸다. 상대 팀은 우리 모습을 멍하니 보고 있었다.

우리 팀은 완전히 공중분해 되었다. 이것이 파멸의 서곡이라는 잔혹한 진실만을 남기고……

진 게 분해서, 분노에 사로잡혀 주변 사람들을 탓한다.

"뭐야, 뭐냐고. 왜, 나한테 패스를 안 해?!"

참담하게 패배한 우리는 잔뜩 짜증이 난 채로 부실로 돌아왔다. 나는 세게 쓰레기통을 걷어찼다. 오늘만 몇 번째인지도 모를 만큼 걷어차인 쓰레기통은 찌그러져 엉망이었다.

"야, 미츠다! 너, 왜 패스 안 했어?"

같은 미드필더이자 내 하인 중 한 사람인 미츠다에게 화풀이한다.

"그게, 너한테, 맨 마킹이 붙어 있었고, 패스할 만한 길이 없어서."

"이 대머리, 꼴통, 얼간이 새끼. 그럼, 네가 계속 움직여서 길을 만들면 될 거 아냐. 제대로 안 해? 이 모자란 새끼야."

"히익, 미안."

하여간, 쓸모없기는. 내 실력 발휘를 위해 너희가 죽어라 뛰는 건 당연하잖아. 왜 그런 간단한 일도 못 해?

애초에 이 팀은 나를 왕으로 받들기 위해 있는 팀이야. 너희 같은 서민 병사들은 나를 위해서 헌신적으로 뛰어야만 이길 수 있고, 그래야 팀이 와해하지 않아. 너희가 죽어라 뛰어서 땀을 흘려 나를 상대 수비에게서 풀어주어 자유롭게 만들 수 있느냐 없느냐가 가장 중요하다고.

그 쉬운 걸 왜 이해 못 하는 거야?!

내가 움직일라치면, 후반에는 지쳐서 제 역할도 못 하지를 않나. 그걸 왜 모르는 건데?!

"그러는 선배도 오늘 상대 팀에 움직임이 완전히 읽혀서 바로 볼 빼앗겼잖아요. 심지어 볼 뺏기고 커버도 안 하고."

2학년 중 누군가가 툭 뱉으며 중얼거린다. 열이 확 올라서, 로커를 세게 내리쳤다.

"누구야, 방금 내 욕한 새끼!! 2학년이야?!"

2학년 누구도 나와 눈을 마주치려 하지 않았다.

"정신 빠진 새끼가. 내가 아니라 포워드들이 개발이라 공격이 안 된 거잖아. 득점이라고는 내가 얻은 PK 하나뿐이고. 이러면 이길 수 있는 경기도 못 이겨. 하아, 그따위로 하면서 스포츠 추천을 받겠다고? 와타나베. 주제를 알아라. 너희는 뛰어 봤자 어차피 그 수준이야. 그냥 나한테 쓰이기만 하면 돼."

결국 와타나베는 아무것도 못 했다.

그렇게 잘난 척하더니. 아아, 그건 좀 웃겼지. 얘네는 공을 금방 뺏겨. 얘네는 나를 거치지 않으면 공격도 못 해. 그래서 내가 실력 발휘를 못 하는 거라고!!

그런 주제에, 건방지게 기어오르는 말이나 하고.

"야, 뭐라고 말 좀 해 봐. 빨대 새끼야. 빨대면 빨대답게 불평하지 말고 왕인 이 몸을 빛내기나 하란 말이야. 그것도 못 하냐, 무능한 것들아!"

아아, 속 시원해. 네가 아무리 주장이라도, 왕은 거역할 수 없는 법이야. 당연한 거지. 이제 알았지? 내가 얼마나 중요한 존재인지!!

여자 문제 따위로 내 자리를 빼앗으려 들다니, 100년은 이르다고!!

"닥쳐."

와타나베가 떨면서도 맞선다.

"뭐?"

"닥치라고, 쓰레기 자식아. 더는 너랑은 못 해 먹겠어."

격분한 와타나베가 내 명치에 주먹을 꽂는다.

갑작스러워 나는 방어도 못 하고 와타나베의 주먹을 그대로 맞았다.

무방비 상태로 맞았다는 충격과 뒤따르는 엄청난 고통에 나는 그 자리에서 배를 부여잡고 쓰러졌다. 끔찍한 욕지기가 덮쳤다. 그래서 나도 모르게 한심한 소리가 튀어나오고 말았다.

어째서, 왕인 내가 이 자식한테 맞아야 하지? 이해를 못 하겠다.

"웩."

깔끔하게 꽂힌 펀치로 식도가 뜨거워진다. 너무 아파서 숨조차 제대로 쉴 수 없었다. 곰곰이 생각해 보니, 이제껏 남을 때린 적은 여러 번 있었지만, 맞아 본 적은 한 번도 없었다.

아파. 이렇게 아픈 거였나.

구역질을 겨우 참고 헐떡거리는 나를 노려보는 와타나베가 두려워질 정도였다.

"야, 야, 다들 봤지? 저 새끼가 나한테 폭력을 썼어! 고문 선생님한테 일러바쳐 주마! 그러면 와타나베는 끝이야."

그러나 부원 중 누구도 내 말에 동조해 주지 않았다. 오히려 나를 싸늘한 눈으로 본다.

왜 이래, 나는 왕이잖아. 너희는 내가 없으면 전국 대회도 못 나가.

그래도 되겠어? 전국 대회에 출전 못 하면 추천도, 대학 입시도 다 물거품이야. 지금 사과하면 봐줄게.

나는 아량이 넓으니까. 그러니까 와타나베를 비난해!!

"어, 어이! 너희들 봤잖아. 이렇게 많은 부원이 보는 앞에서, 주장이 에이스한테 주먹을 휘둘렀다고!!"

하지만 아무도 아무 말 하지 않는다.

오히려 나를 냉담하게 비웃는 듯한 실소가 팀 전체에서

터져 나왔다.

와타나베는 특히 더 냉소적으로 웃으며 이렇게 말했다.

"하아, 자빠지다 머리라도 박았어? 너 혼자 넘어진 거잖아. 애들아, 안 그러냐?"

와타나베의 말에 부원들이 천천히 고개를 끄덕인다.

나를 바보 취급하지 마. 나는 너희의 희망이야.

약체였던 이 팀을 지탱하고 끌어온 건 나야. 내가 없으면, 너희는 지역 대회에서도 참패해. 여태 단물 빨아먹으며 산 게 다 사라진다고!

그러나 이 녀석들은, 거기까지는 생각 못 하고 있다. 왕에 대한 민중의 반란이 일어나고 말았다.

"맞아요."

"선배가 짜증 내다가 넘어진 거예요."

"다들 그렇게 말하니까, 그런 거 아니겠어요?"

악의 어린 눈으로 나를 봤다. 비웃는 후배까지 있었다.

이 자식들……

"그래, 나하고 해보겠다 이거지. 좋아, 각오해라. 반드시 후회하게 해 주지."

나는 녀석들의 약점을 쥐고 있다. 괜찮다. 나중에 협박하면, 금세 울면서 매달릴 거다. 지금은 이렇게 겁을 주고, 이성을 되찾을 때까지 기다리면 된다.

"이봐, 벌거벗은 임금님. 귀 파고 잘 들어. 우리는 네가 우리 팀을 이기게 해 주니까 따랐던 거야. 팀을 승리로 이

끌지 못하는 너 따위는 아무런 가치도 없어. 이제 좀 깨달아라, 이 머저리 새끼야!!"

와타나베가 나에게 호통쳤지만, 나는 무시했다. 그편이 내가 진짜 화났다고 느끼게 할 수 있을 것 같아서.

울분 상태로, 밖으로 나왔다. 뒤따라오는 사람이 없다.

젠장, 미유키한테 연락할까 했으나 어제 그런 일이 있었으니까 오늘은 접촉하지 않는 게 낫다.

1호한테 해야겠다. 그러고 보니, 오늘 응원하러 온다고 했지. 그 여자는 쉬워서, 굳이 부르지 않아도 어디선가 기다리고 있을 거다.

"콘도!"

역시나 있었다. 중학생 때, 저 여자의 소꿉친구에게서 가로챈 편리한 여자.

이케노베 에리.

나와 만나기 전까지는 검은 긴 머리에 청순한 분위기였는데, 지금은 내 취향에 맞춰 머리를 갈색으로 염색하고, 머리도 싹둑 잘랐다.

그래서 소꿉친구 남자애와도 파국을 맞은 뒤에 바로 내가 찼다. 그랬더니 중3이라는 중요한 수험 시기에 두 달이나 등교를 하지 않았다. 진짜 웃긴다니까. 그럼에도 기특하게 나랑 같은 고등학교에 가고 싶다고 미친 듯이 공부해 지금에 이르렀다.

물론 그 과정에서 중학교 때까지의 친구들은 전부 곁을

떠나고, 고등학교 들어와서는 공부도 거의 안 해서 성적은 폭락했다.

나를 위해서 모든 것을 내던졌는데 결국, 다시 사귀지도 못 하고, 질질 끌려다니며 편리한 관계에 머물러 있는 안타까운 여자다.

귀중한 청춘을, 전부, 내게 송두리째 빼앗겼지. 어떻게 보면, 이 여자는 내 힘의 상징 같은 것이다. 모든 걸 잃고도, 여전히 나를 좋아하니까. 최고의 충견이다.

나랑 사귀기 전에는 모범생에, 화장도 전혀 안 했는데, 지금은 화장이 야해져, 그때의 모습은 온데간데없다.

"연습 경기, 아쉽더라. 정말 다른 팀원들은 다 엉망이라 못 써먹겠던데. 짜증 나."

누구에게나 상냥했던 성격은 이렇게 비뚤어지게 했다.

솔직히, 이렇게까지 망가졌으니 버려도 되지만, 훈장 같은 존재라서 말이지. 당분간은 이 관계를 적당히 유지해 줄 생각이다.

"그러게 말이야. 역시 나를 이해해 주는 사람은 에리, 너뿐이구나."

이 한마디면 이 여자는 금세 나한테 꼬리를 흔들어 댄다.

자, 즐거운 스트레스 해소 시간이다.

※

　결국, 연습 경기는 처참하게 패배했다. 우리보다 수준이 낮은 상대에게 대패.

　코치는 미팅 자리에서 화가 머리끝까지 나서 페트병을 집어 던졌다. 하지만 우리에게 중요한 건 경기 결과가 아니었다.

　부가 이대로 공중분해 하면 어떻게 될까. 틀림없이 배신자가 나온다. 그랬다가는 지금까지 우리 축구부가 아오노를 집단으로 괴롭혀 왔다는 게 들통난다. 그렇게 되면, 대회 참가고 뭐고, 우리도 학교에서 징계 처분을 받을 수 있다. 징계 처분이 확정되면 주동자인 우리들은, 정학으로 끝나지 않을지도 모른다.

　퇴학당하면 어쩌지? 부모님께 뭐라고 말해야 하지? 애써 명문 고등학교에 들어왔는데, 이딴 일로 인생 내리막길 걸어야 하나?!

　「이번 일은, 따돌림이라는 말로 눈가림해서는 안 돼. 애들 장난이나 못된 심술로 넘길 수 없는 범죄니까. 그걸 꼭 기억해 두렴.」

　타카야나기 선생님의 말이 가슴에 콕 박혀, 머릿속에서 끊임없이 되풀이된다.

지난번 면담 때는 결정적 증거가 없어서 어영부영 넘어 갔지만, 이번에는 정말 위험하다. 너무나 위험하다.

아까 그 사진을 찍은 녀석이, 언제 선생님에게 일러바칠까. 아니, 이미 밀고했을지도 모른다. 그러면, 우리 증언에서 약간의 모순이 생긴다. 지금까지 완벽하게 짜둔 논리가 어그러지면 우리는 앞으로 추궁을 즉흥으로 발뺌해야 한다. 그것도 서로 증언이 엇갈리지 않도록, 신중하게 주의하면서.

미팅이 끝나고 코치가 나간 뒤, 우리는 부실의 무거운 공기 속에 가라앉아 있었다.

이대로 무사히 빠져나갈 수 있을까. 갑자기 불안해졌다.

"그건 무리야. 숨길 수 있을 리가 없지."

나도 모르게 내뱉은 말에, 같은 반 아이다가 화들짝 놀라 나를 쳐다봤다.

"야, 뭐야. 무리라니……. 너 설마, 콘도 선배랑 우리를 배신할 셈이냐!!"

피해망상에 휩싸인 듯, 신경질적으로 언성을 높인다.

미츠다 선배와 주장도 내게 다가와 압박한다. 다른 부원들도.

"아니, 그런 거 아니야. 배신할 생각은 없어. 그냥, 앞으로 추궁당하면 피할 자신이 없다고 해야 하나."

궁색한 변명. 목소리까지 떨린다.

왜 입 밖으로 나온 거야. 서로서로 의심하는 이 상황에 그런 말을 하면, 제물이 될 게 뻔한데…….

"거기에 우리는 왜 엮어? 네가 아이다랑 둘이 멋대로 아오노 책상에 낙서한 거잖아. 괜히 우리한테까지 피해 주지 마."

미츠다 선배가 내 유니폼을 세게 잡아당겼다.

"미츠다 선배도 하라고 했잖아요."

"하, 선배한테 말대꾸하냐? 네 잘못이 가장 크면서, 나한테 책임 전가하지 마. 네가 책임져. 자백하면 가만 안 둔다. 너희, 숨길 수 없으면, 죽어. 모두를 위해 책임지고, 죽어 버려. 그러면 추궁당할 일도 없어."

"무슨 그런 말을!"

누군가가 말려 줄 것이다. 그렇게 생각했다. 그러나 아무도 선배를 말리지 않는다. 부원 모두가 내 잘못이라는 듯이 날 선 눈으로 노려보는 가운데, 주장이 입을 뗐다.

"미츠다, 그쯤 해라. 시모카와, 잘 알았겠지. 네가 약해지면, 우리도 끝장이야. 경솔한 말은 하지 마."

왜 나만 탓해? 애초에, 주장도 만류하지 않았잖아. 만류하기는커녕 본인 뒷계정으로 소문을 앞장서서 퍼트렸으면서. 나만 나쁜 거냐고.

"네, 네."

그만 주변의 압박에 굴복하고 말았다. 열등감과 초조함이 점점 마음을 지배한다.

이렇게 된 이상, 차라리 나 혼자라도 다 털어놓고 선생님한테 도와 달라고 할까? 거들지 않으면 나까지 축구부에서 괴롭힘당하니까 어쩔 수 없었다고 말하면 믿어 줄까?

마음속에서, 그런 어두운 보호 본능 욕구가 커져 간다.

하지만 나를 제외한 다른 축구부 부원들은 이번 일의 불리한 진실을 끝까지 숨기기로 의견을 모았나 보다. 아직, 안 들켰다고 생각하는 듯하다.

"우선, 이 사진을 찍은 범인을 찾아야 해. 설마 아니겠지만, 이 중에 있는 건 아니지?"

주장의 추궁에 전원이 고개를 젓는다. 설령 범인이 있고 한들, 솔직히 자백할 리가 없다.

솔직히, 다 수상하지. 벤치 부원들이 열등감에 자폭했을 수도 있고, 3학년들의 가혹 행위에 앙심을 품은 1학년이 한 짓일지도 모른다.

그래, 일단 그 배신자를 범인으로 몰면 돼. 그 자식이 다 한 거로 떠넘기면 돼.

"선배. 빨리 이 사진을 찍은 범인 찾죠. 잡아서 두들겨 패서 입 막아야 해요!! 이대로면 우리 다 파멸이에요. 1학년이 의심 가지 않아요?"

나는, 머릿속으로 생각한 것을 전부 입 밖으로 뱉어 버렸다. 조금 전에 죽으라는 말까지 들어서 부원들의 분노를 누군가에게 돌리고 싶었다.

"아."

바로 그때, 아이다가 뭔가 기억났는지, 1학년 중 한 명에게 다가섰다.

"그러고 보니, 이시가미. 너, 콘도 선배 욕했었지!"

1학년의 분위기 메이커 이시가미에게로 화살이 쏠렸다.

좋았어, 살았다. 이제 나는 안전권이야.

이시가미가 순간 당황하더니,

"저는 그런 짓 안 해요! 그리고 치요다도 같이 욕했다고요!"

그렇게 반박하며 다른 부원에게 책임을 돌린다.

의심이 꼬리에 꼬리를 무는 축구부 부원들이, 서로에게 죄를 뒤집어씌우듯 막말을 퍼붓기 시작했다. 조금 전보다 더 심한 지옥이 되어 간다.

축구부는 완전히 와해되었다. 어제까지만 해도 전국 대회라는 같은 목표를 향하던 동료들이, 오늘은 서로를 의심하고, 제 몸 지키기에만 급급한 나머지 마녀사냥 같은 걸 시작하고 있었다.

※

——몇 시간 뒤, 미유키 시점——

어제는 병실에서 묵고, 오늘은 짐을 챙겨야 해서 집에

돌아왔다가 집 앞에서 러닝 중인 옛 친구와 우연히 마주쳤다.

마주치고 싶지 않았던 또 한 명의 소꿉친구였다.

이마이 사토시. 에이지와 가장 친한 친구이자, 나도 초등학교 때부터 소꿉친구다.

"사토시……."

무슨 말을 들을지, 잘 안다. 마침내 이 순간이 오고야 말았다. 모든 걸 잃게 되는 날이.

"왠지, 오랜만이네. 미유키. 내가 무슨 말을 하려는지, 알지?"

"응."

엄마한테도 거절당하고, 나는 모든 걸 잃을 운명이다. 그리고 그건 내 곁에 친구 또한 남지 않는 것을 의미했다. 더는 피할 수 없다.

사토시는 에이지에게 도움을 받은 적이 있다.

그러니 이번 일도, 무조건 에이지 편을 들 것이다. 두 사람의 사이를 가장 가까이에서 지켜본 나이기에, 너무도 잘 알았다.

"그렇겠지. 나는 더 이상 너를 친구라고 생각하지 않아. 확실히 해 두고 싶었어. 지금까지 고마웠어."

의리 있게 절교를 선언하고, 사토시가 자리를 스쳐 지나간다. 사토시답다고 생각한다. 분노를 담고 있으면서도, 서로의 입장을 명확히 하는 이별의 말.

나는 현관으로 뛰어 들어가 털퍼덕 주저앉아, 울부짖었다.

어쩌다 이렇게 된 걸까.

나는 왜, 그런 짓을 해 버렸을까.

후회가 계속 마음을 지배했다.

나는 에이지와 행복한 관계를 이대로 이어 가고 싶었다.

내가 나쁜 짓을 했다는 건 안다. 하지만 선배와 깊은 관계가 되었을 때, 이 잘못된 관계가 들통나서 에이지와의 연인 관계가 끝나는 게 가장 무서웠다.

그래서 나와 콘도 선배의 관계를 들켜서는 안 됐는데. 모든 걸 잃는 게 무서워서 그런 거짓말까지 한 건데.

선배가 고등학교를 졸업하면 자연스럽게 끝나리라 생각했다. 에이지에게는 미안하지만, 그저 기간 한정의 불장난이었다. 그렇게 생각하면서, 에이지에 대한 배신을 합리화하려 했다.

젊을 때 놀지 않으면 손해.

좋아하는 남자 친구가 있어도 괜찮아.

남자 친구와는 진심으로 사랑하고 있으니까 괜찮을 거야.

콘도 선배는 나에게 도망칠 길을 마련해 줬다. 그래서 그 길로 도망쳤다.

그날. 내 바람피운 걸 에이지에게 들킨 날.

내 마음은 뭉개졌다. 이제 행복했던 그 시절로 돌아갈 수 없다. 그런 초조함과 에이지를 잃으면 나는 어떻게 될까 하는 후회. 왜냐하면 에이지와는 인생의 반 이상을 함께했으니까.

틀렸다. 절망감에 지배당한 마음은, 이기적인 선택을 하게 만든다.

에이지에게 거절당할 공포를 메우고자 쉽게 나를 사랑해 줄 선배를 찾고 말았다. 이제 에이지와 행복한 관계가 될 수 없다면, 어떻게 되든 상관없다. 파멸 충동과 자기 파괴 욕망. 그것이 일평생 지워지지 않을 후회를 낳는다.

그리하여 나는 모든 것을 잃었다.

거짓말하며 전부를 지키려다, 결국 전부를 잃고 말았다. 소중히 여겨 왔던 모든 것들을……. 이대로 간다면, 그토록 지키고 싶었던 모범생이라는 위치마저 곧 잃게 되겠지.

"돌아가고 싶어, 돌아가고 싶어."

그날로 돌아가고 싶다. 에이지의 생일을 축하하고, 둘이 행복하게 웃고 싶다.

콘도 선배를 만나기 전으로 돌아가고 싶다. 에이지를 배신하지 않은 순수한 나로 돌아가고 싶다.

나에게는 에이지밖에 없었는데.

"선배와 만나지만 않았어도, 지금도 에이지랑 행복하게 웃고 있을 텐데……."

이런 말을 하는 내가 너무 싫다.

자기혐오만 느껴진다.

내 선택으로 에이지를 배신하고는.

기분이 안 좋아져서, 바람을 쐬기 위해 현관 밖으로 나왔다.

우편함에 봉투 하나가 들어 있는 게 보였다.

나는 별생각 없이, 봉투를 뜯었다.

안에 든 건 사진이었다.

그건, 나를 절망의 구렁텅이로 끌어내리는 사진이었다.

"거짓말, 말도 안 돼. 나밖에 없다고 했으면서. 콘도 선배. 나한테 어떻게 이래. 제발, 나를 버리지 마."

봉투 안에는 선배가 다정하게 어떤 여학생의 집으로 들어가는 모습이 찍혀 있었다. 팔짱을 끼고, 아주 즐겁게.

※

──에리의 집, 콘도 시점──

"콘도, 사랑해."

나는 부드러운 피부의 감촉을 탐닉하며, 스트레스를 발산했다.

에리는 미유키와는 또 다른 매력이 있다.

아무래도, 미유키에게 좀 질려 있던 걸지도.

"아아, 최고였어."

“기뻐. 나는 콘도 일편단심이야.”

애의 성가신 점은 이거다.

사귀는 것도 아닌데, 여자 친구인 척 구는 거. 뭐, 됐어. 편리하니까 당분간은 즐기기나 하자.

“있지, 콘도. 나만 봐야 해. 나는, 너 하나만 보고, 모든 걸 버렸으니까 바람피우는 거 싫어.”

바람이라니……. 애초에, 너랑 나는 사귀는 사이도 아니야. 착각도 유분수지.

“그래, 알겠어.”

영혼 없이 맞장구치고, 살짝 졸면서 행복한 시간을 보냈다.

그 후, 적당히 둘러대고 나는 에리네 집을 나섰다. 애는 부모에게 절연을 당해 혼자 살고 있다. 배가 고프면 애네 집에 와서 저녁을 차려 달라고 해서 얻어먹는 게 내 일상이기도 하다. 다만, 에리는 금방 우쭐하고 감정 기복도 심해서 상당히 귀찮은 보험용이었다.

집으로 걸어가는 도중, 휴대폰이 울렸다.

「콘도? 잠깐 통화 괜찮아?」

내내 마음에 걸렸던 그 애의 전화였다. 이 여자가 나에게 미유키를 나에게 소개해 주었다.

‘네가 좋아할 만한, 남자 친구 있는 여자애가 있는데, 알려 줄까?’라면서.

그렇게 나와 미유키가 만나, 아오노라는 재미있는 장난감도 찾을 수 있었다.

“응, 무슨 일이야?”

「아, 별일은 아니고…… 지금 시간 돼? 혹시 괜찮으면 같이 놀지 않을래?」

이 여자 역시 나한테 푹 빠졌다.

“좋아. 웬일이래.”

「아니, 너를 도와서 그 애를 궁지에 몰아넣었는데 상을 안 주잖아. 그래서 한 번은 만나 주면 좋을 텐데, 하는 생각이 들지 뭐야.」

“하긴, 네가 흥미진진한 시나리오 한 편 써 줘서 덕 좀 봤지. 그 아오노라는 놈의 한심한 얼굴, 너도 보여 주고 싶었어.”

「정말, 못됐다니까.」

“이 악녀가 남 말 하고 있네……. 그리고, 상담할 것도 있어.”

「그래?」

“축구부에서 귀찮은 일이 생겼어.”

바로 만나기로 하고, 나는 들뜬 마음으로 약속 장소로 향했다.

※

그 애와 몰래 만나고, 집으로 돌아왔다. 역시, 집에는 아무도 없었다. 아버지는 일하러 갔겠지. 어머니는 뭐, 어디

나갔겠지. 두 사람은 쇼윈도 부부로 유명하니까.

나는 그 둘을 이용할 수만 있으면 쇼윈도든 뭐든 상관없다. 부모의 사회적 지위가 높으면, 나는 그걸 이용할 수 있다. 부모가 대단하면, 대부분의 일은 어떻게든 해결된다. 게다가 나는 축구에 재능도 있고, 공부도 잘하니까. 무적이다.

덕분에 프로 축구 선수의 길이 열려 있고, 선수를 은퇴한다고 해도 아버지 회사를 이어받으면 되고, 아버지가 의원으로 출세하면 지지 기반을 물려받을 수도 있다.

이게 바로, 일본 세습 제도의 좋은 점이지.

"부모 잘 만나서, 인생이 탄탄대로다. 이지 모드에 장밋빛. 아~, 부모가 잘나서 정말 다행이다."

나는 내 마음속에 있는 불안을 지우려고 일부러 강조해 가며 나 자신에게 되뇌었다. 그리고 그 녀석도, 무조건 괜찮을 거라고 했다. 대책도 생각해 주겠단다.

넓은 집에는 아까부터 내 혼잣말만 울려 퍼진다.

젠장, 뭔가 처량한 기분이 든다.

휴대폰이 울렸다. 공중전화로 걸려 온 전화다. 수상하다. 애초에 내 전화번호로 직접 전화를 거는 것만 해도 수상쩍다.

당연히 무시했다.

무시해도 계속 온다.

"끈질기게, 누구야, 너 대체!"

수신 버튼을 터치 화를 내며 소리 질렀다.

그러자 헬륨가스를 들이마신 듯한 이상한 목소리로 말한다.

「콘도, 너는 이제 끝났어.」

"이 자식이, 어디서 반말이야. 죽는다."

이상한 피에로 같은 말투. 나를 조롱하듯 살짝 유쾌하다는 말투였다.

장난감 변성기라도 쓰는 건가. 할 일도 없기는. 전화를 끊으려는데…….

「이봐, 끊지 마. 내가 그 사진을 찍었어.」

전화를 끊으려던 손을 황급히 멈추었다.

제길, 이 새끼였나. 나를 몰아넣으려 이쪽저쪽으로 움직이던 놈이!!

"너냐? 그 사진을 축구부에 뿌린 게. 진짜 가만 안 둔다."

「뿌려? 아아, 내가 실수로 부실 앞에 떨어뜨린 걸 말하나 보네.」

"이런 뻔뻔한 새끼를 봤나!"

점점 말이 세게 튀어나왔다.

「그런 식으로 말하면, 다음에는 어디에 떨어뜨릴지 모른다?」

이 새끼가.

"나를 우습게 보지 마라. 찾아서 죽여 주마. 우리 아버지가 의원이야. 그딴 일은 얼마든지 무마할 수 있고 선생도 입 다물게 할 수 있어. 지금까지 그래 왔거든. 이번에도 그렇게 될 거야!"

진심으로 열 받는다.

「그러면 움직이지, 뭐.」

어차피, 협박에 불과하다.

"할 수 있으면 해 봐. 죽여 버릴 테니까. 찾아내서 만신창이가 되도록 두들겨 패 주마."

나 같은 천재는 무슨 짓을 해도 용서받는 법이다. 너덜너덜해지게 패서 이런 짓을 한 걸 뼈저리게 후회하게 만들어 주지.

「그렇구나. 애석하네. 너는 정말로 네가 잘못한 게 없다고 생각하는군.」

"당연하지. 나는 선택받은 인간이니까."

「아오노 에이지에게 누명을 씌우고도 그런 말이 나오나?」

"그걸, 네가 어떻게 알지?"

「나는 의외로 가까운 곳에서 너를 감시하고 있거든.」

녀석의 말이 내 분노에 기름을 끼얹었다. 어떻게, 걔 얘기를 알고 있는 거야. 그 누명 사건은, 축구부 부원들과 여자애들밖에 모를 텐데.

"걔는, 어차피 약자였어. 약자는 강자한테 잡아먹힐 운명으로 태어나. 어떤 짓을 당해도 불만을 표할 수 없어. 너, 축구부 놈 중 하나지? 배신은 절대 용서 못 해. 각오해라!!"

그렇게 단언하자, 기세에 주눅이 들었는지 아무 대답도

하지 않았다. 그러다 한숨 소리만이 들려왔다.

「콘도, 너는 정말로 어리석고 불쌍하구나.」

그 말에, 나도 모르게 휴대폰을 바닥에 내던졌다. 화면에 금이 가 버렸다.

마치, 내 마음 같았다.

그래, 나는 선택받은 인간이야. 그러니까 괜찮아.

설령 축구부 부원들이 더는 따라오지 않는다 해도, 이제까지 쌓은 실적으로 초 강호급 학교까지는 아니라도, 중견급 이상 되는 학교에서는 많이 찾을 것이다.

"좌절? 내가 좌절? 그럴 리 없어……."

무심코 스스로에게 부정적인 감정을 품은 것에, 놀랐다.

"젠장, 젠장!"

조금이라도 감정을 진정하기 위해, 미유키에게 전화를 걸었다.

※

——미유키 시점——

"지금, 몇 시지?"

배신당한 절망에 홀로 웅크러 앉아 있다가 깨닫고 보니,

벌써 해가 저물어 있었다. 커튼도 치지 않고 불도 켜지 않은 채 집에 혼자.

지금 나는 완전히 고립되어 있구나. 아무도 따뜻한 말을 해 주지 않아. 엄마가 갈아입을 옷 등을 챙겨 병원으로 가져갔지만, 엄마는 검사할 게 있어서 병실에 없었다.

할 수 있는 게 아무것도 없어서 나는 그저 병원에서 집으로 돌아와, 무의미한 시간을 보낼 수밖에 없었다.

"다, 내 탓이야."

당연하다. 늘 따뜻한 말을 건네 줬던 에이지와 아주머니는, 이제 없다. 엄마의 퇴근이 늦어도 에이지네 집에 가면 외롭지 않았다. 그곳에는 따뜻한 가족애가 있었다.

그리고 나를 진짜 딸처럼 대해 줬는데.

엄마가 화내는 것도…… 내가 그런 은인들을 배신했기 때문이야. 콘도 선배는, 결국 나를 놀이 상대로밖에 보지 않았던 거고. 알고 있었는데. 머리로는 분명 알고 있었는데.

전부 내 욕망에 휩쓸려 여기까지 와 버렸다. 조금 전 그 사진을 보고 퍼뜩 정신이 들며 차분해졌다. 지금까지 느낀 사랑의 열기가 모두 거짓이었던 것처럼, 온몸의 피가 얼어붙는 듯했다.

하지만 미유키, 그때 너, 에이지한테 뭐라고 했어……. 알잖아.

'싫어. 버리지 마. 선배가 버리면 나, 못 살아.'

'에이지는, 소꿉친구였지만…… 끈질기고, 스토커 같은

최악의 폭력 남친이야.'

'미안해, 에이지. 이제 너랑은 못 사귀겠어. 학교에서도 말 걸지 마.'

그날 그 순간을 떠올리고 심한 욕지기와 자기혐오가 밀어닥친다.

왜 그런 말을 했을까.

수도 없이 후회했지만, 지금은 전보다도 혐오감이 훨씬 더 심하게 든다. 그날……, 선배와 처음으로 바람을 피운 날부터 내가, 내가 아닌, 머리 나쁜 다른 사람처럼 같다는 느낌이 들었다.

그리고 끊임없이 나를 덮치는 강렬한 구역질.

왜……. 에이지는, 다정하고, 정말 좋아한 사람이었으면서. 내가 먼저 좋아했다는 자각도 있으면서. 내 첫사랑은 에이지다. 노력하고, 마음을 표현해서, 겨우 마음이 이어질 수 있었다.

다정한 에이지가 정말 좋았다. 따뜻한 이야기를 쓰던 에이지를 정말 좋아했다. 행복한 기분이 드는 에이지의 집도, 정말 정말 좋아했다.

이제는 절대 손에 넣을 수 없다. 그 소동 이후로 에이지가 교실에 오지를 않는다. 한 번도. 선배에게 누명을 쓰고, 반에서 고립되고, 책상에는 욕설이 난무하고. 신발장에는 쓰레기까지 넣고. 거기다 내가 정말 좋아한 에이지네 집까지 욕을 먹고. 나는 그걸 말리지도 않았다. 말릴 사람은 나밖에 없었는데, 나 자신만 지키느라 무시했다. 아니, 아니다. 나도 그 일에 가담해, 에이지를 몰아붙였다. 따돌림의 주모자가 되고 말았다.

에이지를 스토커라고도 했고, 폭력을 썼다는 거짓말도 했다. 에이지는 다정해서 그런 일을 할 리가 없는데. 그때도, 잘못한 건 나였다.

나는 최악의 여자다. 왜냐하면, 남자 친구 생일에 바람을 피웠으니까. 사람들에게 비난을 받아야 할 사람은, 에이지가 아니다. 나다.

겨우 집을 나섰다. 편의점으로 향한다. 저녁을 사기 위해.

이토록 죽고 싶은데도, 몸은 음식을 찾는다. 정말, 한심하기 짝이 없다.

멀리서 커플 한 쌍이 눈앞을 가로질러 간다. 그 모습을 보고 무심코 굳어 버렸다.

에이지였다. 즐겁게 웃고 있다. 옆에는…… 역시, 이치죠 아이. 학교의 아이돌이, 같은 여자인 내가 봐도 알 수 있을 정도로, 신경 써서 열심히 꾸몄다. 마치 사귀는 사이인 남녀가 데이트할 때처럼.

에이지 역시, 연인에게 보내는 다정한 미소를 짓고 있었다.

머릿속이 새하얘진다. 두 사람에게 들키지 않도록, 숨어 버렸다.

"오늘 정말 고마워요. 첫 데이트, 즐거웠어요."

이치죠 아이는 그렇게 말하며, 정말 행복하게 웃었다.

"그렇게 말해 주니 정말 다행이야."

"다음 데이트도 기대할게요. 조금 늦기는 했지만, 조만간 생일을 축하해 주고 싶은데, 그래도 돼요?"

"어? 내 생일은 어떻게 알았어?"

"선배 어머님께 들었어요! 오늘 정말 즐겁게 리드해 줘서, 답례하고 싶어요."

사랑에 빠진 소녀처럼 귀엽고 사랑스러운 목소리와 표정. 같은 여자가 봐도 가슴이 설렐 정도로 사랑스럽고 미소는 천사 같다.

"고마워. 기대할게."

바로 지금, 내 자리는 이제 이치죠 아이의 것이 되었음을 통감했다. 아줌마의 인정도, 본래라면 내가 축하해 줘야 했을 생일 데이트 약속도, 에이지의 다정함도 한 몸에 받고 있다. 모든 것은 원래 내가 가지고 있었던 보물이었는데.

절망 속에 있느라 아무것도 먹지 않고, 토만 해서 그럴까. 갑자기 힘이 쭉 빠진다. 눈앞이 아찔하고, 숨이 가쁘다.

두 사람에게 들키지 않게, 소리 없이 울부짖는다.

입속으로 작은 돌멩이나 흙이 들어와도 그칠 수 없었다.

지옥은 이제 막 시작되었을 뿐이다.

그 자리에 쓰러진 나는, 잠시 뒤에 빈혈이 조금 진정되어 간신히 몸을 일으켰다. 에이지 일행에게는 다행히 들키지 않은 듯하다.

편의점에서 데워 먹기만 하면 되는 수프를 사서 곧장 집으로 돌아와 먹었다. 즐거워야 할 식사 시간은, 이제 단지 생존을 위한 작업이 되었다.

지금쯤, 에이지와 이치죠 아이는 뭘 하고 있을까. 키친 아오노에서 즐겁게 식사하고 있을지도 모른다. 좀 더 멋을 내고, 분위기 좋은 곳에 갔을지도 모른다. 어쩌면, 오늘이 특별한 밤이 되는…….

마음이 어떻게 될 것 같다. 공복인데도 식욕이 없다.

그런 때, 콘도 선배에게서 전화가 왔다.

"응, 나야."

「오, 미유키? 지금 뭐 해?」

"밥 먹는 중이었는데……."

「그랬구나. 내가 지금 마음의 안정이 필요해서 잠깐 얘기 좀 나누고 싶은데.」

평소 같았으면 바로 좋다고 대답했겠지만, 불신이 생긴 지금의 나는…….

우리 엄마가 입원 중이라는 걸 알고 있을 텐데, 상태가 어떤지 걱정하는 기색조차 없다.

"저기……, 나 지금 몸이 좀 안 좋아."

역시, 그게 맞는구나. 콘도 선배에게 나는, 그 정도 존재였을 뿐이다.

「부탁이야, 잠깐이면 돼. 지금은 내 애기 좀 들어줘.」

방금 한 말로, 확신으로 바뀐다.

"콘도 선배는, 나를 장난감으로밖에 생각하지 않았구나."

만약 에이지였다면, 무조건 엄마 걱정부터 하고 내 정신 상태도 염려했을 거야.

말투만 들어도 내가 아프다는 걸 알아차렸을 테고. 걱정해서 병문안까지 와 줬을지도 몰라.

그런 소중한 소꿉친구를 나는 잃은 거다.

「하아. 갑자기 왜 그래?」

"내 걱정은 안중에도 없잖아. 그리고, 선배가 동급생인 여자 선배랑 사이좋게 집으로 들어가는 사진 봤어."

「그, 그건…… 너랑 만나기 전에 찍힌 사진이야. 그 여자와는 이미 끝났어. 실은 내가 요즘 괴롭힘을 당하고 있어. 과거 사진을 축구부 부원들한테 뿌린 사람이 있어서 곤란한 상황이야. 그래서 너한테 상의하고 싶었어. 나도 좀 여유가 없어서, 갑자기 이런 얘기 해서 미안..」

사과들 들었는데 공허하기만 하네.

"그렇구나."

형식적으로만 동의를 표하자, 선배는 살짝 실없이 웃는 듯한 말투로 대답한다. 그게, 나를 더욱 분노하게 만든다.

「그렇다니까. 믿어 줘..」

이렇게 마음에도 없는 말로 나를 속일 수 있을 거라고, 진심으로 그렇게 생각하는구나. 더러워. 이 남자, 정말…….

이제야, 콘도 선배의 본모습을 깨달았다.

이런 사람을 위해 모든 걸 버린 거야?!

나 자신이 믿기지 않는다.

"사진 속 선배가 손목에 찬 실 팔찌, 내가 선물한 거야. 그런데도 옛날 사진이라고 할 거야?"

「뭐…….」

이럴 때 눈치 빠른 내가 싫어진다. 연습 경기에서 이기길 바라는 마음으로 직접 만들어 건넨 실 팔찌가 사진에 선명히 찍혀 있었다.

우리의 인연을 증명하기 위한 거였는데……. 오히려, 우리 관계의 진실을 증명하는 부적이 되었다. 이러려고 헌신한 게 아닌데.

"거짓말하지 마."

나조차 놀랄 만큼 차가운 목소리가 튀어 나갔다.

「그, 그러면, 합성이겠지…….」

그렇게 좋아했는데, 지금은 목소리만 들어도 짜증이 날 지경이다.

"'그러면'?"

그 말은 변명이라고 이실직고하는 거나 다름없어. 거짓말을 하려거든 좀 더 그럴싸하게 하든가.

이 사람은, 거짓으로 도배된 사람이었어. 그리고 나는 그 거짓을 보석처럼 빛나는 진실이라 믿어 의심치 않았던 거야.

내게 보인, 해 준 다정한 말들은, 마음에도 없는 돌멩이 같은 거였는데. 그 자갈에 속아서 내내 곁에 있던 진짜 보물을 내 손으로 깨트리고 말았다.

선배를 비난할 자격이 없다는 건 잘 안다. 나도 선배 같은 형편없는 인간과 도긴개긴이니까. 우리는 결국, 오십보백보. 둘 다 쓰레기고, 이기적이고, 은혜도 모르는 인간 말종이다.

「……쯧.」

혀를 크게 찬다. 돌변한 태도에, 나도 모르게 놀란다.

"어?"

내 추궁에 선배가 도리어 화를 낸다.

「너처럼 질척대는 애들은 금방 이렇게 여자 친구 행세해서, 싫다니까.」

뜻밖의 폭언으로 마음에 차가운 비수가 꽂히는 게 느껴진다.

이런 남자라는 거 알았는데, 실제로 막 대하니까 충격이 크다.

여자 친구 행세라니…….

나는 소중한 소꿉친구의 남자 친구를 버리면서까지 당신을 선택했는데. 어떻게 그런 말을 할 수 있어?

"…….."

잔혹한 사실 앞에, 나는 말문이 막혀 아무 말도 할 수 없었다.

「야, 애초에, 이게 왜 바람인데? 우리가 사귀는 사이였냐?

안 사귀잖아. 혼자 착각의 늪에 빠져서는 피해자인 척하지 마. 내가 한 번이라도 사귀자고 한 적 있어? 너한테 내 여 자 친구가 되어 달라고 고백했냐고!! 그보다, 너도 아오노 를 괴롭힌 주범 중 한 사람이잖아. 네가 협조 안 했으면, 아오노가 그렇게 되지는 않았어. 아오노와 지금까지의 관 계를 생각해 봐도, 가장 악질은 너야. 알겠냐? 이 쓰레기 년아!! 다 네 탓이라고!!」

그 폭언을 끝으로, 우리는 전화를 끊었다.

"내가, 왜, 이딴 놈을 위해서 모든 걸 내던졌을까……. 돌이킬 수 없는 짓을 했어."

쓸쓸한 방 안에, 고독한 혼잣말이 울려 퍼졌다.

※

──콘도 시점──

전화를 끊고 나는 난동을 부렸다.

"이 새끼고 저 새끼고 하나같이……. 왜 멋대로 행동하 고 난리야. 왜 나보다 다른 놈들을 믿냐고. 용서 못 해."

방은, 화풀이를 한 영향으로 여기저기가 엉망이었다. 소 중하게 여기던 중학교 때 받은 트로피도 부서졌다.

제기랄, 제기랄, 제기랄. 제기랄 것들.

"헉, 헉. 젠장. 대학 축구부 놈들도, 우리 축구부 놈들도, 아마다 미유키도, 싹 다 망해 버려라."

이렇게 된 이상, 다른 여자라도 꼬셔서…….

꼬신다고 해도 미유키가 쓸모없어진 이상, 에리 아니면 개나 그 후배 정도뿐인데.

아니야, 아까 통화한 그 여자는 안 돼. 개는 여간내기가 아니야. 약점이라도 잡히면 뭘 당할지 모르니까 안 돼.

젠장, 그러면 에리?

안 돼. 조금 전에 만나고 온 참이잖아. 개는 여친인 척 구는 게 귀찮아서 거리를 좀 두고 싶어. 이럴 때, 여자는 정말 써먹을 데가 없네.

"할 수 없지. 그냥, 뒷계정으로 아오노에 대한 나쁜 소문이나 퍼트려야겠다."

누군가 내 밑에 있다는 건, 지배자에게 최고의 쾌락이지. 그놈은 노예나 마찬가지야. 한심하게 여자나 뺏긴 약한 남자니까.

그런 생각으로 SNS를 켰다. 얼마 전까지는 타임라인이 아오노의 험담으로 넘쳐 났다.

그런데…….

「야, 역시 맞아. 오늘 아오노 에이지랑 이치죠 아이가 데이트했어.」

「자세히 풀어 봐.」

「역 앞으로 장 보러 갔는데, 둘이 분위기 좋은 카페에서 나오는 거 봤어.」

「나도, 같이 영화관으로 들어가는 모습 봤는데.」

「그럼, 진짜로 사귀나 보네.」

「이치죠는 남자한테 엄청나게 빡빡하잖아. 그런데 왜 나쁜 소문이 도는 아오노하고 사귀지?」

「이치죠 동급생한테 들었는데, 이치죠가 더 좋아한다더라. 적극적으로 대시하는 모양이야.」

「그 이치죠가 그렇게 공을 들일 정도면, 역시 뭔가 있는 거겠지.」

「근데 말이야, 아오노 소문 진짜야? 실제로 나온 건 수상한 사진밖에 없었잖아. 그 소문이 거짓일 가능성도 있지 않나?」

「나도 처음부터 이상하다고 생각했어. 작년에 아오노랑 같은 반이었는데, 엄청 상냥하고 여학생한테 폭력을 쓸 애가 아니었어.」

「뭐가 뭔지 모르겠네.」

어느샌가 분위기가 뒤바뀌어 있었다.

어째서지. 이치죠 아이에 대한 신뢰가 그렇게까지 두터운가? 겨우 1학년짜리 여자애잖아. 축구부 부원 계정들 동원해서 소문을 퍼트려 났는데, 수적으로 우세한 힘이 고작 여자 하나의 영향력에 밀린다고?!

그럴 리가 없어. 도대체 이치죠 아이는, 왜 그딴 시원찮은 놈을 고집하는 거야. 내가 대시했을 때는, 이 몸을 차고 폭언까지 뱉었는데. 그래서 나도 받아쳐 줬지.

'야, 우쭐하지 마. 너, 우리 아버지가 거물인 거 알기나 해?!!'

'그렇게 혼자서 평생 살겠다는 얼굴이 마음에 안 든다고.'

'이거 완전 로봇이네.'

그딴 말까지 했는데도 무시하고 그냥 가 버렸지. 왜 그런 로봇 같은 여자가 학교에서 인기가 많으냐며, 한 번에 확 식었는데.

그래, 그 쌀쌀맞은 여자를 적으로 돌렸다고 해서, 내가 무서워할 필요가 있나?! 나는 축구부의 에이스, 콘도라고!!

아직이야. 아직 끝난 게 아니야. 나는 이치죠 아이의 평판을 깎아내리기 위해 몇 개의 글을 더 올렸다.

「이봐, 다들 속지 마라. 이치죠 아이라는 여자, 진짜 위험한 애야. 이게 사람이 맞나 싶을 정도로 차갑고, 찬 남자한테 폭언도 서슴지 않아.」

익명 계정으로 대화에 끼어든다.

「하아, 성가신 녀석이네..」

「어차피 이치죠한테 차이고, 앙심 품은 찌질이겠지. 무시해야겠다..」

「오히려, 수상한데?」

간단히 일축당했다.

젠장, 젠장, 젠장. 왜 아무도 나를 믿지 않는 거야. 나는 차세대 축구계를 이끌 왕인데.

횃김에 창문을 향해 휴대폰을 던졌다. 창문이 산산조각이 나서 깨지고, 이미 엉망이었던 휴대폰은 땅바닥으로 내동댕이쳐졌다.

아차 싶어 곧장 밖으로 뛰쳐나가 휴대폰을 주웠다. 액정은 쩍쩍 금이 가고, 이제는 켜지지도 않았다.

이러면 여자한테 연락도 못 하잖아. 이 짜증을 어디다 쏟아야 하지. 다 개같아. 이 몸 같은 천재를 이렇게까지 열 받게 하다니.

"씨발. 빡쳐!"

자꾸만 고립되어 가는 기분에, 나는 더더욱 짜증이 치밀어 올랐다. 물론, 누구의 목소리도 되돌아오지 않았다.

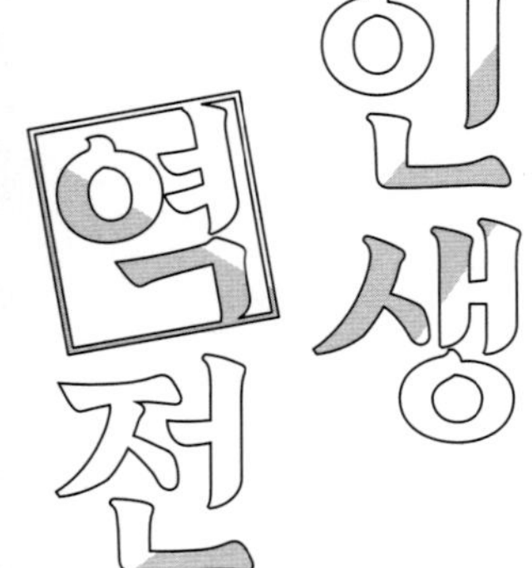
인생
역전

제 3 장 인명 구조와
바람 패거리의 와해

――9월 8일――

"좋은 아침이에요, 선배. 어제는 정말 고마웠어요!"

늘 그렇듯이, 이치죠는 집 앞에서 기다려 주었다. 어쩐지, 어제보다 미소가 부드러워진 듯 보인다. 집 앞을 지나치는 몇몇 회사원과 중학생이 이치죠의 미모에 놀라 흘끔흘끔 시선을 던졌다.

"좋은 아침. 나야말로, 고마웠어. 다음에도 또 영화 보러 가자."

나도 어색하게 인사를 건네자, 이치죠도 고개를 끄덕였다.

"좋아요. 어제는 외국 영화를 봤으니까, 다음은 일본 영화나 애니메이션을 볼까요? 선배는 요즘 뭐 봤어요?"

영화 얘기를 꺼내길 잘했다. 안 그랬으면 어제 받은 뽀뽀가 떠올라, 아침 시간이 서먹서먹해질 뻔했다. 공통 취미가 있다는 것만으로도, 우리 사이의 거리는 확실히 좁혀지고 있다. 엄마가 영화랑 드라마를 아주 좋아한 덕분에,

이렇게 이치죠와 친해질 수 있었다.

걸음을 옮기며 영화 얘기를 꽃피운다.

"요즘, 인도 영화에 빠졌어."

"그 길고 춤추는 영화요?"

"아니, 최근 인도 영화는 생각보다 춤을 잘 안 춰. 러닝 타임도 길기는 한데, 춤 대신 우아한 자연을 배경으로 노래가 흐르는 경우도 많아. 그게 제법 장대하고 멋있어."

"재밌을 것 같아요."

그러고 보면, 고등학생이 인도 영화에 빠져 있다는 게 별일이기는 해. 나도 내가 무슨 애길 하나 싶어 피식 웃고 말았다.

"추천 작품 있나요?"

"의외로 인도 영화는 휴먼 드라마 장르도 재미있어. 꽤 인간미 있고 말이야, 쇼와 시대 일본 영화 같달까. 물론 액션도 멋있고. '카쉬미르의 소녀'라는 영화 추천해."

"어떤 이야기예요?"

"이웃 나라에서 온 벙어리 소녀를 주운 착한 아저씨가, 대모험 끝에 아이를 부모에게 돌려보내 주는 이야기야."

"재미있겠다!!"

"뭉클해서 눈물 나니까 감동적인 영화가 보고 싶을 때 봐."

실제로, 일요일 밤에 그 영화를 보고 엉엉 우는 바람에 월요일에 학교에서 만난 사토시한테 눈이 부었다는 소리를 들었다. 이치죠가 영화를 꽤 많이 보는 것 같아, 일부러 별로 안 알려진 인도 영화를 언급해 봤다. 이치죠는 바로 휴대폰을 꺼내 영화 사이트를 띄우고, 찜을 해 둔다.

"고마워요. 주말에 볼 수 있으면 볼게요."

그렇게 말한 후배는, 놀라울 만큼 환한 미소를 지으며 나를 바라보았다.

"선배, 이건 딴 얘기인데요. 전에 쓴 소설은 어떻게 할 거예요?"

이치죠가 애써 구해 준 원고는 지금 나에게 있다. 문예부 간행물에 실릴 예정이었지만, 그건 어려울 것 같고, 그렇다고 이대로 묵히기엔 아까웠다. 그렇지만 단편이라, 출판사 신인상에 공모하기에는 분량이 부족해서 어떻게 할지 고민 중이었다.

"아직 고민 중이야."

"그럼요, 웹 소설 사이트 같은 데 올리는 건 어때요?"

"근데, 내 소설은 요즘 유행하는 판타지나 러브 코미디가 아니라서 읽는 사람이 없지 않을까?"

"그럴까요? 저는 진짜 재미있게 읽어서 더 많은 사람이 읽었으면 좋겠는데."

"고마워. 그래도 사이트에 올리는 건 용기가 필요해. 혹평하는 사람도 있을 테고 '좋아요' 수가 적거나 하면 속이 쓰릴 것 같아."

내가 쓴 소설에 괜히 더 부정적인 내가 있었다. 이치죠는 그런 나에게 부드럽게 웃는다.

"뭐, 제 전속 작가가 되는 것도, 나쁘지 않죠."

그렇게 농담을 해서, 서로 웃음이 터졌다.

이치죠는 정말 상냥하다. 내 트라우마를 눈치챈 거겠지.

나도 거절하기도 미안해서, 생각해 보겠다며 하려던 그때 다른 문제가 발생했다.

행복한 아침을 보내는 우리 눈앞에서 사건이 터진 것이다.

"윽……."

앞에서 걷던 할아버지가 고통스러워하며 가슴을 부여잡고 쓰러졌다.

"어?!"

이치죠는 말을 잇지 못한 채, 걱정스러운 얼굴로 나를 봤다.

나도 무슨 일이 벌어진 건지 몰라, 그 광경을 보고 있을 수밖에 없었다.

할아버지는 힘들게 숨을 몰아쉬면서도, 움직이지 않았다.

이런.

여름 방학 단기 아르바이트로 행사 설치 작업을 했을 때, 사전 교육으로 응급 처치 강습도 받았었다. 강사로 와 준 소방서 직원 아저씨 얼굴이 떠오른다. 이런 상황에서는 어떻게 대응해야 하는지, 행사 회장 이외의 장소에서도 쓸 수 있는 대처법을 배웠다.

내가 해야 해. 괜찮아. 그날 배운 대로 하면 돼.

"큰일이야. 이치죠, AED 좀 찾아와 줘."

먼저, 할아버지를 구하는 데 최선을 다한다.

"어, 어디에 있는데요……?"

이치죠는 핏기가 가신 창백한 얼굴로 얼어붙어 있었다.

"근처에 파출소 있었지? 아마 AED는 파출소에도 비치되어 있을 거야. 없더라도 경찰관이 위치를 알 수도 있어. 요즘은 편의점에도 놓는다더라. 나는 구급차를 부르고, 할아버지를 돌보고 있을게."

"알, 알겠어요!"

이치죠가 파출소를 향해 뛰었다.

나는 강습에서 배운 대로, 할아버지의 의식을 확인하고 주변 사람들에게 도움을 요청한 후, 구조 활동을 시작했다.

친절한 아저씨 한 분이 곧바로 본인의 휴대폰으로 구급차를 불러 주었다.

나는 정신없이, 그저 할아버지를 구하겠다는 일념으로 몸을 움직였다.

이치죠는 금세 경찰관과 함께 AED를 들고 돌아왔다.

우리가 AED를 준비하고 있는데, 30대 정도의 여자 한 명이 다가왔다.

"무슨 일이니?"

"모르는 할아버지인데, 갑자기 가슴을 움켜쥐고 쓰러지셨어요. 방금 구급차를 부르고, 막 AED를 가져온 참이에요. 아무리 불러도 전혀 반응이 없으세요."

"고마워. 나는 간호사니까. 처치는 내가 할게. 너, 이름이 뭐야?”

“아오노입니다.”

“아오노라고 하는구나. 바로 움직이다니 장한걸. 그럼, 나를 좀 도와줄래? 여자 친구는 이름이?”

간호사 누나가 재빠르게 지시를 내린다. 나는 아르바이트 때 받은 AED 훈련을 떠올리며, 간호사 누나와 기기의 자동 음성 안내에 따라 움직였다.

“이치죠예요. 저는 무엇을 하면 될까요?”

“이치죠구나. 너는 이 할아버지의 가족이 근처에 있는지 찾아봐 줄래?”

“알겠습니다.”

그렇게 이치죠는 달려나갔다. 함께 온 경찰관은 좁은 골목길의 교통을 통제하려 일어났다.

그리하여 구조 활동이 진행되었다.

우리가 필사적으로 응급 처치를 하고 있을 무렵, 경찰관의 유도로 구급차가 도착했다. 시간상으로는 10분도 안 걸렸겠지만, 정신없이 움직이느라 순식간처럼 느껴졌다.

“아오노 학생, 이치죠 학생, 고마워. 병원까지는 제가 동행할 테니 괜찮아. 두 사람이 신속하게 움직여 준 덕분에, 목숨에는 지장이 없으실 거야.”

도와준 간호사 누나가 그렇게 말하며 웃었다.

첫 번째 전기 충격을 준 뒤, 할아버지는 의식을 되찾으셨다. 아직은 의식이 몽롱하셨지만, 연신 고맙다고 말씀해

주셨다.

경찰관이 쓰러진 할아버지의 신분증을 확인해서, 나중에 경찰 쪽에서 가족분들께 연락드릴 모양이다.

할아버지도 점점 의식이 또렷해지는 듯이 보였다.

"그럼, 저희는 이만 실례할게요."

내가 그렇게 말하자, 이치죠도 고개를 끄덕였다. 우리는 안도하며 구조 현장을 떠났다.

"정말 긴장했어요. 할아버지께서 괜찮으셔서 다행이에요."

이치죠가 한숨을 크게 내쉬고는 여느 때처럼 미소 지었다.

"이치죠 덕분이야. 바로 움직여 줘서, 살았어."

내 말에 이치죠는 웃으며 고개를 저었다.

"그렇지 않아요. 선배가 먼저 움직여 줬기 때문에 가능한 일이었죠. 저는 무서워서, 다리가 얼어붙었는걸요."

"아니야, 이번에는 운이 좋았어. 간호사 선생님이 우연히 그 자리에 계셨잖아. 나 혼자였으면, 분명 제대로 못 했을 거야."

"그래도요, 남을 위해서 바로 행동할 수 있는 사람은 흔치 않아요. 그런 점이 정말 대단하다고 생각해요."

그렇게 말해 주는 이치죠 덕분에, 지난주에 따돌림으로 산산조각 박살 났던 자존감이 조금은 회복된 것 같았다.

"고마워."

나는 요즘 들어 가장 환하게……, 진심으로 웃으며 감사를 전했다.

※

"정말 감사합니다."

급히 온 할아버지의 가족이, 울먹거리며 인사를 전한다.

가족을 대표해, 아드님이 나에게 정중하게 고개를 숙였다. 고급스러운 정장을 입고 태도가 세련된 분이었다.

할아버지는 적절하고 신속한 처치 덕분에 목숨을 건지셨다. 당분간은 입원하셔야 한다고 들었지만.

"아뇨, 저보다는 AED를 가져와 준 학생들에게 인사해 주셔요. 그 두 학생이 아니었다면, 정말 큰일 날 뻔하셨어요."

실제로 진짜 영웅은 그 둘이다. 나는 어디까지나 두 사람의 손발이 되어 조금 도왔을 뿐. 그런 상황에서 누군가가 먼저 움직여 주면, 주변 사람들도 따라나서기 쉬워진다. 가장 큰 용기가 필요한 건, 언제나 처음으로 행동에 나서는 사람이다.

"그 학생들에게는 고맙다고 해도 해도 모자라지요. 저도 직접 인사를 전하고 싶었는데, 경찰관이 연락처를 물었더니, 알려 주지 않고 갔다고 하더라고요. 그래서 아직 제대로 인사를 못 했습니다. 혹시, 연락처나 아시는 게 없을까요?"

설마, 그 나이에 이렇게까지 성숙할 줄이야. 공을 알리고 칭찬받고 싶어서 나선다 해도 이상하지 않을 나이인데.

요즘 아이들, 정말 대단하다.

"저도 우연히 그 자리에 있었던 것뿐이라……. 아, 그러고 보니, 함께 응급 처치를 할 때 이름을 물어봤어요!!"

"정말입니까?! 혹시 기억하세요?"

"아오노, 그리고 이치죠라고 했어요."

아드님은 그 둘의 이름만 들어도 진심으로 기쁘다는 듯 웃으셨다.

어떻게든 꼭 은인에게 고마운 마음을 전하고 싶은 게 보였다.

정말 의리 있는 사람이구나.

"아오노 학생과 이치죠 학생이라고요. 감사합니다. 이름이라도 알게 돼서……. 꼭 찾아보겠습니다."

"네, 그럼 저는 이만 가 볼게요."

이름만 가지고 찾을 수 있을까? 문득 그런 의문이 머릿속에 떠올랐지만, 입 밖으로 내기는 꺼려졌다. 나 역시 기적 같은 일이 일어나서 두 사람의 신원을 밝혀, 제대로 칭찬받아야 한다고 생각하니까.

쉬는 날에 큰 소동에 휘말리기는 했지만, 왠지 모르게 안도감과 만족감에 에워싸인다.

일은 고되어도, 그 어린 학생 커플에게 지지 않도록 나도 더 열심히 해야지.

　행복한 기분으로 병원을 뒤로했다. 어쩐지, 내 일을 칭찬받은 것 같다. 지금까지 내가 해 온 일이 결코 헛되지 않았음을 깨닫고, 마음이 충만해졌다.

※

──동영상 사이트──

　"안녕, 오늘 방송을 시작할게. 오늘 말이, 다음 기획을 촬영하느라 거리를 걷는데, 눈앞에서 어떤 할아버지가 갑자기 쓰러지셔서 정말 깜짝 놀랐지 뭐야. 어째, 어째, 하면서 발만 동동 구르는데, 어떤 학생 커플이 응급 처치를 시작하는 거야. 정말 대단하더라. 이 아저씨는 구급차 부르는 거밖에 못 했어. 이야, 정말이지. 하여간 요즘 길거리 걷다 보면 진짜 별일이 다 있어. 지난주에도 말이지, 컬래버 영상 찍으면서 산책하는 중에 싸움하는 거 봤잖아. 분위기가 왠지 치정 문제로 얽힌 싸움 같았는데, 한 남자애가 일방적으로 맞고 있었어. 그래서 우리가 쓰러진 남자애한테 달려갔는데, 도망쳐 버렸어. 누가 경찰도 불렀다던데, 당사자들은 이미 자리를 뜨고 난 뒤였지."

낮 방송을 마치고 한숨 돌린다. 아침에는 소문난 모닝 세트를 먹으러 갔다가 사건을 맞닥뜨리고 말았다. 할아버지를 위해 구급차를 불러서 그런지, 조금 전에 할아버지 가족이라는 여성에게서 전화가 왔다. 혹시 몰라서, 내 연락처를 경찰에게 전달했는데 경찰이 보호자에게 알려 준 모양이다. 이런 영상 콘텐츠 일을 하다 보면 사람 만날 기회가 적어진다. 그래서 그렇게 고마워하셔서 기뻤다.

나는 지역 밀착형 맛집 탐방 콘텐츠를 올리는 스트리머다. 그래서 그런지 경찰들도 가끔 내 영상을 보는 모양이다. 할아버지가 병원으로 가시고 나서 경찰과 이런저런 잡담을 나눴다. 팬들이 댓글로 남겨 주는 감상도 좋지만, 이렇게 직접 얘기를 나누는 것도 참 즐거운 일이다.

"네, 아까는 감사했습니다. 아니에요, 저는 아무것도 한 게 없어요. 그냥 취미로 영상 찍다가 할아버지가 쓰러지셔서 허둥지둥하는데 학생 커플이 바로 움직여 준 겁니다. 저는 그냥 구급차만 부른 게 다예요. 네? 소방서에서 표창을요? 아뇨, 아뇨, 저보다는 학생들이나 간호사 선생님을……. 아, 학생들이 이름도 밝히지 않고 자리를 떴다고요?"

솔직히, 나는 그때 거의 아무것도 하지 못했다. 내가 영웅이 되기에는 부끄러운 일이다. 학생들의 공을 가로채는 게 된다.

"네, 그때 영상을 찍기는 했습니다. 산책 영상을 찍던 중이었거든요. 허둥대느라 영상이 많이 흔들리기는 하지만,

학생 커플 얼굴이 찍힌 장면도 있어요. 근데, 미성년자 얼굴을 인터넷에 함부로 올리는 건 좀 그래서요.”

전화 너머의 여성은 내 영상을 SNS에 올려서 두 사람을 찾을 수 없겠냐고 물었지만, 양심이 더 앞섰다.

그 두 학생은 별로 주목받고 싶지 않을지도 모르고…….

“네, 죄송합니다. 뭐, 모자이크 처리해서 올리는 거라면……. 경찰에도 상담해 봐야겠지만요…….”

사실 나도, 그 커플이 제대로 평가받았으면 한다.

할아버지를 구한 건, 그때의 정확한 처치 덕분이었으니까.

그나저나 이 남학생 얼굴, 어디서 본 적이 있는 듯한데.

어디서 봤더라? 기억이 안 나네.

일단 영상 데이터는 경찰에 넘기기로 했다. 그러고 보니, 그날 싸움 장면이 찍힌 영상도 경찰에 넘겼었지. 아무튼 내 맛집 탐방이 영상이 이렇게라도 누군가에게 도움이 되었으면 좋겠어.

“참, 맞다 벌써 9월이잖아. 키친 아오노에서 굴튀김 시작했겠다. 거기 타르타르 소스가 완전 예술인데. 오늘 저녁에 먹으러 가 볼까!”

※

──엔도 시점──

꿈을 꿨다. 나와 에리가 나오는 어릴 적 꿈이다.

우리는 유치원생쯤 되어 보였고 즐겁게 웃고 있었다.

"나는 커서 엔도의 신부가 될래."

그 약속은 지켜지지 않았다.

그토록 소중하게 여겼던 소꿉친구를 가끔 보게 되어도 지금 내 안에 솟아나는 감정은 증오뿐이다.

잃어버린 어린 시절의 순수한 미소를 떠올리며 눈을 뜬다.

"최악의 꿈을 꿨네."

소중한 기억이 될 뻔했던 과거를 빼앗겼다. 빼앗아 간 그 남자에게도, 남자한테 협력한 사람에게도, 에리에게도, 증오만이 남았다.

아직 아침 5시.

어제는 상당한 모험을 저질렀다. 직접, 콘도에게 선전 포고를 해 버렸다. 하지만 이것 또한 작전의 일부다.

그 자식의 언동을 보면 공격에는 강하지만, 수비에 약하다. 자존심 빼면 시체라 약간만 도발해도 금세 이성을 잃고 폭주한다.

그래서 행동을 알기 쉽단 말이지.

축구부와 콘도의 관계를 제법 흔들어 놓을 수 있었다.

이제 축구부에서 배신자가 나오는 것도 시간문제다.

그러나 콘도가 처벌받는 정도로는 내 복수는 끝나지 않

는다. 나는 그 자식을 저 밑바닥까지, 떨어뜨려야 한다.

그래서 아마다 미유키에게도 정보를 흘렸다. 적어도 둘 사이의 신뢰에 금이 갈 테고, 조금이나마 아마다의 죄책감을 건드릴 수 있다면 충분하다.

물론, 바람피운 여자 따위는 믿지 않지만.

"잘만 하면, 축구부와 아마다 미유키를 콘도에게서 떼어 낼 수 있을지도 몰라. 그렇게 되면 입을 맞추기도 힘들어질 테니, 학교가 추궁하면 모순이 생기겠지."

그리고 어제의 선전 포고. 위험 부담은 크지만, 그만큼 보상도 클 거다. 의외로 소심한 콘도는, 삐걱거리는 축구부와의 관계를 계기로 여자들한테 의지하려 들 것이다. 그러면, 사진을 본 아마다 미유키에게 연락해서 둘이 싸울 수도 있어.

그렇게 되면 대성공이다. 어쩌면 에리에게 연락이 갈지도 모르지만, 가더라도 상관없다. 아마다 미유키는 연락이 뜸해져 더더욱 의심을 키울 테니까.

아마다 미유키와 에리가 서로의 존재를 인식하면, 여자들끼리도 콘도와 대립할 거고 그 자식은 도피처를 잃는다.

그러면 축구부와 여자들에게서 머물 곳을 잃어, 놈은 '누군가'에게 의존하지 않으면 안 되는 상황으로 내몰리리라. 나 말고도 이 사건의 뒤에서 암약하고 있을 '누군가'에게.

※

"부장, 지금까지 감사했습니다."

주뼛주뼛하면서도 할 말은 한 것에 안도한다. 부장은 순간 놀란 기색을 보였지만, 금세 평소처럼 돌아와 이유를 알려 주지 않겠냐고 물었다.

이유……. 아오노 선배의 원고를 멋대로 처분한 건 아무리 생각해도 지나쳤다고 생각한다. 그래서 더는 부에 있기가 힘들 것 같다고 소심한 내 성격으로는 잘 설명할 자신이 없다. 마음속에 있는 나는 달변가인데, 왜 내 감정을 똑바로 전하지 못할까.

이치죠는, 누가 적이 되더라도 끝까지 선배를 지키려 했다. 나는 절대 못 할 일이다. 사람들 사이에서 주 세력에 이의를 표하는 건 무서워서 못 한다. 나까지 왕따를 당할지도 모른다. 그게 너무 두렵다.

그래서 아오노 선배가 느꼈을 절망이 아플 정도로 알 것 같았다. 소중한 원고가 갈기갈기 찢기고, 버려지고, 험담을 듣고, 물건이 사라지고, 신발장이 쓰레기통이 되고.

나는 그런 짓을 하고 싶지 않았다. 상냥한 그 선배가 그런 짓을 할 리 없다는 걸 알면서도 말릴 수 없었다. 정식으로 사과하고 용서도 받았지만, 그건 전부 이치죠 덕분이다. 내 스스로 해낸 게 없다는 건 바뀌지 않는다.

"아무 대답도 하지 않는구나."

항상 다정했던 부장이 살짝 낙담한 얼굴로 바뀐다.

"죄송해요. 말로 잘하지 못하겠어요."

내 말에 부장은 씩 웃었다. 하지만 눈은 싸늘하게 나를 노려본다.

"다른 사람에게 괜한 얘기 했다가는, 가만 안 둬."

부장이 내 어깨를 세게 움켜쥔다.

"아파요."

몸을 떨며 제발 그만하라고 눈빛으로 호소했다.

"알아들었지? 너한테도 말리지 않은 책임이 있는 거야. 우리랑 같이 처벌받는 건 싫잖아?"

부장은 차갑게 웃었다.

※

──점심시간, 이치죠 아이 시점──

오전 수업이 끝났다. 나는 선배와 약속이 있어서 보건실 근처의 빈 교실로 향했다. 오늘은 함께 도시락을 먹기로 했다. 너무 눈에 띄는 곳은 불편하니까 선배가 선생님들께 부탁을 드렸더니 별관의 빈 교실을 쓰게 해 주셨다.

걷고 있는데, 다른 학생들이 수군거리기 시작한다.

"있잖아, 이치죠 얘기 들었어?"

"그럼, 들었지. 그 아오노 선배랑 사귄다며?"

"왜 그런 미소녀가 폭력남하고 사귀지?"

"알 수가 없다니까."

"그 사람에게 우리가 모르는 매력이 있나, 아니면, 그냥 나쁜 남자한테 끌리는 타입인가?"

멋대로들 떠든다. 내게 와서 직접 한 말은 아니니까 잠자코 지나가지만, 속은 분노로 떨렸다.

어떻게, 사정을 알지도 못하는 주제에 그렇게 무신경한 말을 할 수 있을까.

엄마 일이 있었을 때도 그랬다. 다들 멋대로 소문을 퍼트려 놓고, 아무도 그 책임을 지려 하지 않았다.

이번 일도 그럴 것이다. 이름 없는 다수는 무책임하게 선배를 비방하는 말이나 소문을 확산하고, 진실이 밝혀지면 그걸로 끝. 자기가 가해자였다는 생각조차 하지 않을 거다. 어쩌면 속았다면서 피해자처럼 굴지도 모른다. 그렇게 생각하니 마음이 묵직하게 무거워진다.

"어서 선배한테 가자."

예전 같았으면 악의로 가득한 환경에서 버틸 수 없었으리라. 하지만 지금은 다르다. 선배가 있어 준다. 아무리 많은 사람이 선배를 깎아내려도 나는 선배의 본질을 봤다. 선배가 없었다면, 나는 이 세상에 없다.

그거면 충분하다. 그날, 나를 구하기 위해 목숨까지 걸었다. 그 사실만으로도 충분하다. 그렇게 다정한 선배가 부당한 악질 소문에 시달리고 있어도, 오랫동안 믿어 온 소중한 사람에게 배신당해 괴롭힘의 표적이 되었다 해도, 선배의 정의는 반드시 증명될 것이다. 나도 그걸 위해 온 힘을 다하기로 다짐했다.

그것만이, 나를 구해 준 선배에게 은혜를 갚는 길이라고 생각한다.

그리고…….

나는, 선배를 사랑하게 됐다.

저보다 주변 사람을 더 소중히 여기고, 함께 있는 사람을 행복하게 해 주는 사람.

어떤 상대든 존중하는 마음으로 대하는 사람.

오늘 아침에도 그랬다. 보통은 그런 위기 상황에서 쉽게 못 나선다. 그것도, 인간 불신에 빠질 만큼의 따돌림 트라우마를 막 겪은 직후인데도, 선배는 조금도 망설이지 않고 행동했다.

솔직히, 같은 인간으로서 존경한다.

그래서 좋아하게 됐다.

그래서 사랑에 빠졌다.

내가 누군가를 사랑하다니 상상도 못 했다.

그렇지만 그는 지옥 밑바닥에서 나에게 손을 내밀어 줬다.

사랑하지 않을 수가 없잖아.

빈 교실의 문을 연다.

사랑하는 그가, 웃으며 기다리고 있었다.

※

──타카야나기 시점──

점심시간, 빵을 먹으며 교무실에서 공책에 메모를 하던 나는 머리를 싸맸다.

어제는 일요일이었는데도 아오노의 일이 머릿속에 가득 차 떠나지를 않았다.

오늘, 아오노는 지각하기 직전에 학교에 왔다. 혹시 주말을 지내며 학교에 오기 싫어진 게 아닐지 걱정돼 신발장 근처를 어슬렁거렸다. 그러다 아오노가 1학년의 이치죠와 같이 학교로 뛰어 들어오는 게 보였다. 나중에 넌지시 물으니, 얘기하다 보니 조금 늦었다고 한다. 다행이다. 혹시라도 괴롭힘이 심해진 건가 해서 조마조마했다.

그러나 아오노의 명예를 회복하기 위해서는 하루라도 빨리 사실을 밝혀내야 한다. 증거는 조금씩 모이고 있다.

남은 건 결정적인 한 방.

"근데 이번 사건에는 이상한 점이 하나 있단 말이지."

바로 콘도의 행동이다. 녀석은 여자관계가 문란하고 이미 교제 상대가 있는 여자를 노리는 고약한 취미가 있다. 하지만 자유연애가 원칙인 현대에 결혼한 사이도 아닌 한, 그를 이유로 징계를 내릴 수는 없다.

학교도 그래서 곤란했던 건데…….

왜, 하필 아오노만, 녀석이 직접 괴롭히는 행동까지 나선 거지. 여태 마지막 일선을 넘지는 않던 그 소심한 콘도가?

계속 그 점이 마음에 걸렸다.

고민하다가, 이건 거의 황당무계한 망상에 가깝지만, 하나의 가설에 이르렀다.

"혹시, 콘도를 그렇게 행동하도록 부추긴 배후가 있는 거 아니야? 젠장, 머리가 안 돌아가."

밥도 제대로 안 먹어서 그런지 짜증이 치민다.

저녁은 나가서 먹을까. 그러고 보니 동영상 사이트에서 맛집 탐방 아저씨가 역 앞에 맛있는 라면집이 있다고 소개했었지. 기분 전환 겸 거기나 가 보자.

가게 이름을 찾으려 동영상 사이트에서 맛집 탐방 아저씨의 채널로 들어갔다.

사이트 설정 때문에, 최신 영상이 자동으로 재생되었다. 소리는 무음으로 해 둬서 교무실에 울려 퍼지지는 않지만, 자막으로 영상 내용을 알 수 있다.

「안녕, 오늘 방송을 시작할게. 오늘 말이, 다음 기획을 촬영하느라 거리를 걷는데, 눈앞에서 어떤 할아버지가 갑자기 쓰러지셔서 정말 깜짝 놀랐지 뭐야. 어째, 어째, 하면서 발만 동동 구르는데, 어떤 학생 커플이 응급 처치를 시작하는 거야. 정말 대단하더라. 이 아저씨는 구급차 부르는 거밖에 못 했어. 이야, 정말이지. 하여간 요즘 길거리 걷다 보면 진짜 별일이 다 있어. 지난주에도 말이지, 컬래버 영상 찍으면서 산책하는 중에 싸움하는 거 봤잖아. 분위기가 왠지 치정 문제로 얽힌 싸움 같았는데, 한 남자애가 일방적으로 맞고 있었어. 그래서 우리가 쓰러진 남자애한테 달려갔는데, 도망쳐 버렸어. 누가 경찰도 불렀다던데, 당사자들은 이미 자리를 뜨고 난 뒤였지.」

어쩐지 관심이 가는 내용이다. 왜인지는 모르겠다.

그리고 방과 후.

결국 나는 아오노네 집으로 오고 말았다. 원래는 라면을 먹으려 했으나 퇴근하는 길에 아까 본 맛집 탐방 아저씨의 SNS에 먹음직스러운 굴튀김 정식 사진이 올라온 걸 보고, 굴튀김이 확 당겼다.

솔직히 말해, 교사라는 입장에서 제자의 집에 방문해도 되나 싶은 생각을 하면서도 문을 열었다.

"어머, 타카야나기 선생님. 오늘은 어쩐 일이세요?"

아오노네 어머님께서 환한 얼굴로 맞아 주셨다. 어머님과는 자주 연락을 주고받고 있어서 신뢰 관계가 두텁다.

아오노의 실기 보충 수업이 다음 주 토요일로 정해져, 그 일로 메일을 드렸더니 '바쁘실 텐데 감사합니다. 시간 되실 때 저희 집에 식사하시러 오세요'라고 답장해 주서서, 사양하지 않기로 했다.

아오노네는 아버님이 일찍 돌아가시고, 어머님과 형이 함께 레스토랑을 꾸려나가고 있다. 나도 사회인이 되었으니 아는 거지만, 두 분의 각오는 정말 대단하기 이를 데 없다. 아오노 일이 발생하고 학교와 가족이 더욱 긴밀한 신뢰 관계를 쌓을 필요가 있었기에, 나는 적극적으로 정보를 공유하는 중이다.

"오늘은 손님으로 왔습니다. 계절 한정 굴튀김 정식 하나 주세요."

"어머나, 그러면 양배추는 서비스로 풍성하게 얹어 드릴게요."

그렇게 말씀하시면서 어머님은 웃어 보이셨다. 어머님은, 우리가 만든 보고서를 꼼꼼히 읽으신다. 궁금한 점이 있으면 메일로 질문하셔서 나도 최대한 자세히 답장을 쓴다.

덕분에 어머님과 형이 학교를 믿어 주시는 것 같다. 전화 통화를 할 때도, 말투가 훨씬 부드러워지신 걸 실감한다.

"선생님, 부디 제 동생을 잘 부탁드리겠습니다."

아오노의 형이 주방에서 나와 미네스트로네를 가져다주었다. 형도 동생을 생각해 젊은 나이에도 놀지 않고 성실하게 일하고 있다고 한다. 아오노와도 조금씩 예전처럼 편하게 대화를 나눌 수 있게 된 덕에, 아오노가 어머님과 형에게 은혜를 얼마나 크게 느끼고 있는지 와닿았다.

눈빛에서, 정말로 동생을 걱정한다는 게 느껴졌다.

"네. 이번 사건, 저희가 전력을 다해 아오노를 지키겠습니다."

실제로 학교 분위기 자체도 아오노를 의심의 눈초리로 보는 학생이 눈에 띄게 줄었다. 학생들의 인망이 두터운 이치죠 아이와 함께 보내는 시간이 많은 것도 있으나 본인의 인품 덕도 크다.

작년에 같은 반이었던 학생이나 친구 중 일부는 아직도 아오노에 대한 의심을 떨치지 못한 듯하지만, 따돌림이나 소문에 거리를 두는 학생들도 적지 않다는 걸 알게 됐다.

화학 실험 이수는 어떻게 처리할지 담당 선생님과 함께 고민하던 중, 1학년 때 아오노와 같은 반이었던 엔도라는 학생이 '그럼, 방과 후에 같이 실험해요. 아오노는 제 소중한 친구니까, 조금이라도 도움이 되고 싶어요'라며 먼저 제안해 주기까지 했다.

이런 위기 상황에서 자발해서 도와주려는 친구들이 많다는 건, 평소 아오노의 행실이 그만큼 훌륭했다는 증명이다.

"여기요. 밥 한 공기 더 주세요."

체격 좋은 남자가 그렇게 외쳤다.

"네~."

어머님이 응대하신다.

무심코 옆모습을 보니, 내가 자주 보는 맛집 탐방 스트리머였다.

아하, 아까 사진 올린 거 봤는데 아직 여기에 있었구나.

괜스레 기분이 좋아졌다.

그리고 이 우연에 감사한다.

조금 전, 식당 상호를 찾기 위해 본 영상에서 그는 흥미로운 말을 했다. 그때 잠시 생각한 끝에 혹시 싶었다.

지난주, 길거리에서 치정 문제로 일방적으로 맞던 남자애를 봤다고.

싸움을 목격하는 일은 드물지 않다. 그래서 가능성은 상당히 낮다. 하지만 이 사람은 지역 밀착형 스트리머다. 즉, 이 근방에서 촬영했을 가능성이 있다. 그리고 아오노 따돌림 사건의 발단이 된 사건과 내용이 너무나도 흡사하다.

가능성이 희박해도 좋다. 이 문제가 해결할 수 있다면. 아오노가 받은 불이익을 하루빨리 끝낼 수 있다면.

희박한 가능성에 걸어 볼 만하다.

나는 자리에서 벌떡 일어나, 스트리머에게 다가갔다.

"저기, 실례합니다. 혹시……."

나는 진실의 문으로 손을 뻗었다.

"영상, 항상 잘 보고 있습니다. 응원할게요!"

그러면서 맛집 탐방 아저씨에게 말을 건넸다. 오늘은 이미 촬영을 마쳤는지, 스트리머도 웃으며 반긴다.

"아, 정말요? 기쁘네요. 봐 주셔서 감사합니다!"

"저기, 먼저, 무례한 건 알지만 죄송합니다. 여쭤보고 싶은 게 있어요. 전에 올린 영상에서 얼마 전에 애들이 싸우는 걸 봤다고 하시지 않았나요?"

"아, 네. 그랬죠."

그는 조금 의아해하면서도 답해 주었다.

이쯤 되면 굳이 숨길 필요도 없겠지.

아오노네 어머님도 놀란 표정으로 이쪽을 보고 계셨다.

"저는 고등학교 선생님인 타카야나기라고 합니다. 실은, 거의 비슷한 시기에 저희 반 학생이 폭행을 당했습니다. 경찰에도 상담했는데 증거가 하나도 없어서 수사도 제대로 못 하는 상황입니다. 그래서 말인데, 혹시 말씀하신 영상을 보여 주실 수 있을까요? 맞고 있던 사람이 제 학생인지 확인만 해도 됩니다."

솔직히 말하면 보여 주리라고는 기대하지 않았다. 스트리머도 요즘은 대중의 시선을 의식해서 사회 규범을 중시하는 편이다. 특히 이 스트리머는 사전에 촬영 허가를 받거나 영업에 방해되지 않게 혼잡한 시간은 피해서 촬영하거나 하는 방침을 지키는 사람이다.

그렇지만 가능성이 조금이라도 있다면 얼마든지 고개 숙일 수 있다. 그것이 제자를 위한 일이라면, 더더욱.

"음~, 어쩌지."

나는 혹시 몰라서 항상 들고 다니는 명함을 꺼내 건넸다.

"객관적인 증거가 되지는 않겠지만, 제 명함입니다. 부족하다면 운전면허증도 보여 드리겠습니다. 그리고 한 가지 더 말씀드리자면 이 레스토랑이 폭행 피해를 입은 제 학생의 보호자가 운영하시는 가게이기도 합니다. 그러니……."

스트리머가 주방 쪽을 슬쩍 보니, 어머님과 형이 결연하게 고개를 끄덕였다.

"그렇게까지 말씀하시니……. 마침 영상 데이터가 있으니까 잠시만 기다려 주세요."

나는 안도의 한숨을 쉬었다. 하지만 아직 완전히 안심할 수는 없다. 다른 사람일 가능성이 더 크다.

"이겁니다."

왁자지껄한 거리의 소음이 들리기 시작했다.

「꺅!」

비명이 들린다.

「싸움 났다!」

누군가가 외친다. 카메라가 소리가 난 쪽으로 향했다.

그건 싸움이 아니었다. 격분한 남자가, 여자의 어깨를 잡은 남자를 일방적으로 패는 폭력이 난무하는 현장이었다. 그냥 폭력…… 폭행 사건의 현장이었다.

맞은 남자는 공중에 붕 떠 날아가서 땅바닥에 나뒹굴었다. 상당한 힘을 실어 때렸다. 멀어서 말소리는 잘 안 들렸지만, 가해자 남자가 뭐라고 소리치며 폭언 비슷한 말을 내뱉었다.

가해자 남자와 함께 있던 여자는, 맞은 남자에게 달려가 보지도 않고 그냥 가만히 서 있다가 조용히 한두 마디를 건네고는 가해자와 자리를 떴다.

카메라는 뛰어가 쓰러진 남자에게 다가갔다.

「저기, 괜찮아? 무리해서 걸으면 안 돼. 좀 누워 있어 야……. 어, 저기, 이봐!」

맞은 남자는 기운 없이 휘청이며 그 자리를 벗어났다.

「괜찮으려나.」

그렇게 걱정스레 중얼거리는 스트리머만이 남았다.

영상은 거기서 끊겼다.

나는 숨을 삼켰다. 영상에 찍힌 건 아오노 에이지와 아마다 미유키, 그리고 축구부의 콘도, 이렇게 셋이었기에.

"어떠십니까? 찾으시던 영상이 맞나요? 일단 경찰에도 제출했으니, 그쪽으로 문의하시면 더 자세한 내용을……."

"정말 감사합니다. 제 학생이 틀림없어요. 데이터를 제출하신 곳이 파출소인가요? 위치를 알려 주십시오. 연락해 보겠습니다."

장소를 알아낸 나는, 어머님께 귀엣말로 영상 내용을 상세하게 설명했다.

"역시, 에이지가 맞았습니다. 일방적으로 맞는 영상이었어요."

내 말을 듣자, 어머님은 차가운 목소리로 대답했다.

"선생님. 학교에 폐를 끼치게 될지도 모르지만, 저는 에이지를 괴롭힌 녀석들을 절대로 용서하지 않습니다."

일반적인 교사라면, 여기서 가해 학생의 미래 따위를 운운할지도 모른다. 하지만 우리 학교는 다르다.

"네, 그건 어머님이 판단하실 일이지요. 학교가 이래라저래라 할 수는 없습니다. 그리고 잘못을 했다면, 학생에게 그걸 깨닫게 해 주는 것도 교사의 책임이라고 봅니다. 길을 잘못 든 학생은 언젠가 돌이킬 수 없는 일을 저지를지도 모르니까요. 아니, 이번 일이 그 돌이킬 수 없는 일입니다. 그렇기에 제대로 대가를 치를 기회를 주는 것도, 저는 그 또한 교육이라고 생각합니다."

"감사합니다. 미안. 선생님과 잠깐 다녀올게. 에이지한테는 당분간은 비밀로 하자. 확실하게 확인하고 나서, 엄마가 직접 이야기할게."

우리는 서둘러 데이터를 제출했다는 파출소로 향했다.

※

──소방서──

"경찰 쪽에서, 화제가 된 학생 커플의 영상이 도착했어요."

부하 직원의 보고에 나는 고개를 끄덕였다.

"수고. 그나저나 요즘 학생들 대단하네. 이렇게 자발적으로 움직인다니. 우리 어른들도 본받아야겠어.”

“그러게요, 소방장님. 게다가 이름도 말하지 않고 그냥 갔대요. 인성이 너무 훌륭해서 오히려 믿기지를 않네요. 저는 그냥 부 활동 하고, 집 가는 길에 친구들이랑 라면 한 그릇 때리고, 공부도 안 하고 자는 한심한 학생이었는데 말입니다.”

부하의 자학에 나는 못 산다며 웃었다. 덧붙여 나도 남 애기할 처지는 아니기에 반성했다.

“너랑 같은 취급하지 마. 그나저나 쓰러진 사람, 은퇴한 야마다 현의회 의원이잖아. 현의회 의장까지 지냈던 중진 에, 국회의원도 고개 못 드는 엄청난 사람이야.”

덕분에 반드시 찾아 달라는 부탁까지 받았다고. 우리 소 방서로서도 앞으로 좋은 본보기가 될 테니 꼭 찾고 싶다.

“와~, 그렇게 대단한 사람이었군요.”

뭐, 요즘 젊은 애들은 모를 만하지.

“좋았어, 일단 학생들 얼굴은 안 보이게 보정하고 SNS 를 통해 정보 제공을 요청해. 뭐라도 단서를 얻을 수 있을 지도 몰라.”

이 부하는 컴퓨터에 능하니까 잘해 줄 것이다.

반응이 오려나. 금방 찾으면 좋겠는데…….

그런데 설마, 이 SNS 게시물이 몇 시간 후에 엄청난 속 도로 퍼져, 수십만 시청자의 반응을 얻으리라고는 이때는 상상도 못 했다.

※

"큰일입니다! 생중계로 취재할 예정이던 라면 행사가 돌풍으로 인해 주최 측 판단으로 긴급 취소됐어요!"

"뭐라고?! 어쩌냐. 5분 펑크 났네. 대체할 뉴스, 뭐 없어?!"

"그게……."

"미치겠네, 없는 거야? 어떡하지. 이렇게 된 이상 다른 뉴스를 심층으로……."

"아, 감독님. 마침 좋은 소재가 있어요. 조금 전에 소방서 SNS에 올라온 학생들의 인명 구조 영상인데요, 조회수가 급증하고 있어요. 그걸 내보내죠. 보니까 이름도 말하지 않고 갔대요. 소방서에서는 표창하고 싶다면서 찾고 있고요."

"시간 없으니까, 영상이 있으면 정말 고맙지. 그러자. 당장 허락받아. 소방서도 방송의 파급력을 알 테니, 좋다고 허가할 거야."

모든 것이 실시간으로 진행된다.

※

"방금 소방서에 넘긴 영상, 바로 올라갔네. 일 처리 진짜 빠르다."

"그러게. 듣자 하니 현의회 전 의장이 얽혀 있다더라."

"그래서 이렇게 빠르게 움직이는 거군 그래."

"어이, 미노와, 왜 그래?"

"그게, 영상에서 본 남자애 말인데요. 어디서 본 것 같아서요."

"오, 신원 확인 바로 되는 건가~?"

"아뇨, 이름까지는 모르겠어요. 선배, 그 왜, 일주일쯤 전에 번화가에서 있었던 싸움 기억 안 나세요? 남자애가 일방적으로 맞았던 사건 있었잖아요."

"아아, 그거? 피해자 본인은 어디론가 가 버려서 스트리머가 찍은 영상만 남은 그 사건 말이지?"

"네, 사실 피해 신고도 없어서 그냥 보관하고만 있는데 개랑 닮지 않았어요?"

"그런가? 기억이 잘 안 나네. 그럼, 휴식 끝나고 다시 확인해 보자. 소방서에 빚을 지워 둘 수 있을지도 몰라."

※

──타카야나기 시점──

우리는 옆 동네 역 앞 파출소로 왔다. 사정을 설명하고 다시 한번 영상을 확인하게 해 달라고 요청했다. 내가 본 영상과 같은 장면이 재생됐다. 아오노네 어머님은 처음 보는 거라 꽤 충격이 커 보였다.

"이럴 수가, 이렇게 일방적으로 맞았다니."

"어째서, 제 아들이, 사귀는 여자아이의 어깨를 잡았다는 이유만으로, 이런 일을 당해야 하나요."

"그랬구나. 이렇게 끔찍한 일을 당했군요. 에이지는……미유키한테도 배신당하고, 쓰러져 있었는데 부축도 못 받고, 매정하게 버려지고…… 왜, 알아차려 주지 못했을까요."

어머님이 생기를 잃은 눈으로, 감정을 억누르며, 중얼거렸다. 나는 아무 말도 할 수 없었다. 그저 바라보는 것밖에는.

몇 번을 다시 봐도, 심하다.

일방적인 폭력이다. 콘도가 주장한, 폭력을 썼다는 아오노는 어디에도 보이지 않았다.

역시, 거짓말이었어.

"제 아들을 때린 학생을, 저는 용서하지 않을 겁니다. 같은 고등학교 학생인 거죠, 선생님?"

"네, 틀림없습니다. 3학년의 콘도라는 학생입니다."

파출소로 오기 전에 교장 선생님께는 이미 연락을 해 두었다. 초기 방침대로, 경찰에 신고할지 여부는 어머님의 판단에 맡긴다는 걸 다시 확인받았으며 최대한 협조하라는 지시도 있었다.

"콘도. 그래, 콘도란 말이지."

혼잣말처럼 콘도의 이름을 중얼거리는 모습에서 무슨 일이 있어도 용서하지 않겠다는 강한 의지가 보였다.

"피해 신고를 하겠습니다. 어떻게 하면 되죠?"

어머님은 단호하게 그렇게 말씀하시고는 곧바로 절차를 밟았다. 친권자인 부모는 미성년자를 대신해 피해 신고를 할 수 있다는 설명을 들었다.

절차가 진행되는 도중, 경찰관 두 명이 파출소로 들어왔다.

"아, 고생이 많으십니다!"

파출소 소속 경찰이 두 사람에게 인사하자, 가장 베테랑 경찰에게 되묻는다.

"이쪽에 계신 두 분이, 그 영상 속 소년의 관계자이시라고?"

묻는 경찰의 말에, 즉시 고개를 끄덕이는 파출소 경찰.

"피해자의 모친과 학교 담임 선생님이십니다. 지금, 피해 신고서를 작성 중이세요."

"그렇군."

베테랑 경찰이 우리에게 또박또박 말한다.

"도모토라고 합니다. 갑작스럽게 죄송합니다만, 다른 일로 영상이 하나 더 있습니다. 괜찮으시다면, 그쪽도 확인해 주시겠습니까? 아, 안심하세요. 이번 건 폭행 사건이 아니라 인명 구조 영상입니다. 부하가 댁의 아드님께서 어제 길에 쓰러진 남성을 도와주고는 이름도 말하지 않고 자리를 뜬 소년과 닮은 듯하다고 해서 말이죠. 얼굴을 확인해 주셨으면 합니다."

"네, 알겠습니다."

어머님이 안도하며 대답했다.

나도 계속해서 충격적인 영상을 보던 어머님이 가여웠는데 다른 일이라는 말에 안심했다.

영상 속에는 교복을 입은 아오노와 1학년 이치죠 아이가, 쓰러진 남성을 위해 분투하는 모습이 찍혀 있었다.

오늘 아침에 학교에 지각할 뻔한 이유가 이거였구나.

절로 납득했다.

"네, 제 아들이 맞아요. 그리고 옆에 있는 여자애는……제 아들과 친하게 지내는 아이고요……."

어머님이 놀라셨는지 말을 띄엄띄엄 하신다.

"그렇습니까. 쓰러진 남성은 학생들의 신속한 조치 덕분에 지금은 순조롭게 회복 중입니다. 그래서 보호자들이 학생들에게 꼭 감사를 전하고 싶다고 하시더군요. 소방서에서도 표창하고 싶다고 하고요.”

조금 전의 충격 영상과는 정반대인 훌륭한 선행이 담긴 영상. 그야말로, 지옥에서 천국으로 올라온 느낌이었다…….

내가 가르치는 학생이지만, 대단하네, 아오노는. 어른조차 쉽사리 움직일 수 없는 상황에서 자발적으로 솔선수범해 사람 목숨을 구하다니. 심지어 절망스럽고 사람을 못 믿게 되어도 이상하지 않을 처지인데도 타인을 위해 움직일 수 있었다는 게 정말 대단하다.

“그렇군요. 에이지가……. 저는 전혀 몰랐어요……. 아이가, 아무 말도 하지 않았거든요.”

베테랑 경찰이 웃으며 말한다.

“참으로 훌륭한 아드님을 두셨습니다. 저도 비슷한 또래의 딸이 있지만, 좀처럼 쉽지 않은 일입니다. 아드님이 정말 장해요. 그런 착한 아이를 폭행하다니, 용서할 수 없습니다. 폭행 사건도 저희가 철저히 수사하겠습니다.”

다정하면서도 강단 있는 말에, 우리는 마음이 놓였다.

“감사합니다.”

어머님이 눈물을 흘리며 고개를 숙인다.

정말이지, 세상은 요지경이다. 어째서 아오노 에이지처럼 착한 아이가, 이렇게까지 끔찍한 일을 당해야 했던 걸까. 어째서 이번 따돌림의 표적이 되어 버린 걸까.

아니, 안 된다. 비관하면 안 된다. 가장 힘들고 괴로울 아오노가, 앞으로 나아가고 있으니까…….

어른으로서, 그 아이의 고통을 조금이라도 덜어 주기 위해 움직여야 한다.

우선은 절대적 가해자에게 죗값을 치르는 것부터 시작해야 한다.

이제부터 진짜 싸움이 시작된다.

나는 다시 각오를 다졌다.

※

──시모카와 시점──

젠장, 월요일인데 어제 연습 경기 결과에 뚜껑이 열린 코치가 갑자기 연습을 잡았다. 원래라면 피로 해소를 위해 가볍게 조정하는 정도로 운동하고 일찍 끝났을 터다. 물론, 어제부터 이어진 서먹서먹한 분위기는 그대로고, 콘도 선배는 당연히 결석했다.

솔직히 연습할 분위기가 아니다. 팀은 완전히 활기를 잃었다.

아마, 다음 대회도 이미 끝났다고 봐야겠지.

그런 포기와 비슷한 공기를 전원이 공유하고 있다.

"자, 가자."

신발장에서 신발을 갈아신는데,

"야, 미츠다! 이거 뭐야. 설명해."

그렇게 외치는 주장의 고함이 들렸다.

우리 후배들은 평소답지 않은 모습에 놀라 소리가 난 쪽으로 갔다.

미츠다 선배의 신발장이 열려 있고, 바닥에는 예의 그 사진이 잔뜩 흩어져 있다.

그 기묘한 광경에 부원 전원은 말문이 막혔다.

"너였냐? 역시, 콘도가 좀 부렸다고 앙심을 품고 이런 짓을 한 거지?! 우리 인생을 망치고 말이야. 뒤에서 웃겼겠다?"

주장이 신경질적으로 퍼부었다.

"아니야! 몰라, 나는 모르는 일이야. 누가 넣은 거라고! 나는 배신 안 했어. 누명이야!"

미츠다 선배의 말을 듣고 아오노가 떠올랐다.

우리는 콘도 선배의 꾐에 빠져, 아오노를 모함하는 데 일조한 게 아닐까. 특히 미츠다 선배는 소문을 적극적으로 퍼트렸어. 분명히, 벌을 받은 거야.

"그 말을 어떻게 믿어. 이제는 아무도 못 믿는다고!"

주장은 미츠다 선배를 신발장 쪽에 내팽개치고는 그대로 돌아가 버렸다. 남은 부원 사이에서는 장례식장과도 같은 공기가 감돈다.

"이런 건, 내가 하고 싶었던 축구가 아니야."

1학년 마에히라가 툭 뱉었다. 우리는 흠칫 놀란 얼굴로 마에히라를 쳐다봤다. 1학년은 이번 사건에 거의 관여하지 않았기에 우리와 선배들의 내분을 오물이라도 보듯 차가운 시선으로 봤다.

젠장, 내가 잘못한 게 아니야. 콘도 선배가 나쁜 거라고.

마에히라를 비롯한 1학년은 아무 말 없이 그 자리를 떠났다.

남겨진 건, 예의 사진들과 절망에 잠긴 상급생들뿐이었다.

※

──에리 시점──

슈퍼에서 식재료를 사서 언제나처럼 집으로 간다.

"다녀왔습니다."

예전 버릇이 사라지지 않는다. 아무도 없는 집에 인사해 봤자, 대답해 주는 사람도 없다.

내가 행복의 대극에 있는 존재임을, 자각하게 한다.

"우동이나 삶자."

적당한 채소와 고기를 삶아서 먹으면, 죽지는 않는다. 고등학교로 진학하며 혼자 살기 시작하고 나서, 줄곧 이런 식으로 먹었다. 식사하는 즐거움 같은 건, 3년 동안 한 번도 느낀 적이 없다. 최소한의 영양만 섭취하면 아무래도 좋았다.

콘도를 만나는 시간 외에는 그저 최소한의 일만 하며 인생의 시간을 때울 뿐. 콘도와 함께하지 않는 시간의 나는 좀비 같은 존재다.

모든 것을, 잃었으므로.

중학교 때까지는 우등생이었다. 친구도 많았고 소꿉친구인 엔도 카즈키와 사귀고 있었다. 그 애도 똑똑해서 늘 자랑스러운 친구였다.

우리는 늘 사이가 좋았고, 언젠가는 결혼하리라고 믿었다.

하지만 그 약속된 행복을 부순 건 나 자신.

콘도와는 중3 때 처음 같은 반이 되었다. 축구부의 에이스이면서 공부도 곧잘 하던 콘도는, 항상 반의 중심이었다.

소꿉친구를 정말 좋아했던 나는, 그때는 콘도를 그저 대단하다고만 생각했다.

그랬는데 같은 반이 되면서 조금씩 친해졌다. 콘도는 공부도 잘해서, 내가 어려워하는 수학 문제도 상냥하게 가르쳐 줬다.

그런 사소한 계기로 우리는 가까워졌고, 여자 경험이 많은 콘도의 매너는, 서툰 카즈키와는 달리 세련되고 또래로는 보이지 않았다. 방심한 나는, 어느새 콘도에게 모든 것을 허락했고 이 지옥으로 떨어지게 되었다.

하지만, 잘 안다. 전부 다 내가 나빴다는 것을. 여태 외면해 왔지만, 가장 나쁜 건 다른 누구도 아닌 나다.

부모님과는 의절이나 비슷한 상태다. 고등학교 학비와 생활비는 대 주지만, 졸업하면 혼자서 어떻게든 하란다.

유치원 때부터 친구였던 애는 이렇게 말했다.

'어떻게, 그런 끔찍한 짓을 해? 엔도를 위했다면…… 그런 가여운 짓은 하면 안 되지.'

그 말을 마지막으로 절교당했다.

당연하다고 생각한다. 그런데 부모조차 의지할 수 없는 상황에서는 대학교나 전문학교에 가기도 어렵다. 내가 오래도록 꿈꾼 선생님이 되고 싶다는 꿈도, 콘도와의 바람으로 한순간에 날아갔다.

카즈키는 절망한 나머지 고등학교 입시 시험을 보지 못했다고 들었다. 지금은 재수해서 우리보다 아래 학년에 다니고 있다.

같은 고등학교로 들어와 줬을 때는 정말 기뻤다. 그렇게 심한 말을 했던 내가 기뻐하면 안 되는 걸 알면서도. 한편으로는 어쩌면, 나를 이 지옥에서 구해줄지도 모른다는 희망을 조금은 가졌었다.

그러나 그건 말 그대로 허황된 희망이었음을 금세 깨달았다.

복도에서 스쳐도, 오물이라도 보듯 싸늘하게만 쳐다봤다.

늘 다정하게 미소 지어 주던 카즈키의 미소는 더는 나에게 향하지 않는다. 결국, 내게는 콘도밖에 없다는 걸 깨닫게 되었다. 행복했던 시절의 상징은 저 멀리 가 버려, 손을 뻗어도 닿지 않는다.

게다가 콘도는 나를 버리고, 편리한 여자로밖에 대하지 않는다.

중학교 시절, 잠깐 사귀었지만 얼마 안 가서 차였다. 차이고 난 뒤에는 등교를 거부했다. 그걸 알게 된 콘도는 아주 조금 다정해져서는 나를 가끔 만나러 와 주었다.

편리한 여자가 되었다는 걸 알면서도, 그라는 수렁에서 빠져나올 수가 없었다.

모든 걸 걸었던 사랑이었기에 포기하지 못하고 질질 끌려다니며, 편리한 여자가 되었다. 가족도, 연인도, 친구도, 꿈도, 미래도 전부 바친 사랑이었는데.

청춘 전부를 콘도에게 바쳤다.

그리고 남은 건, 이 지옥뿐.

콘도에게 나 말고 다른 여자가 있는 걸 안다. 실제로 몇 번 목격한 적도 있다.

그래도, 이렇게까지 모든 걸 바쳐 온 내게 돌아와 준다. 줄곧 그렇게 믿었다.

조금 전, 우편함에 들어 있던 봉투는 그 꿈마저 박살 냈다.

콘도가 다른 여자와 행복하게 웃으며 호텔에서 나오는 사진.

그뿐이라면, 한 번 더 참을 수 있었을지도 모른다. 그런데 콘도의 목에는, 중학교 때 함께 맞춘 커플 목걸이가 걸려 있었다. 마치 내 마음을 짓밟듯. 내 청춘이, 콘도에게는 그저 소유물에 지나지 않았음을 절실히 깨달았다.

용서가 안 된다.

내가 용서가 안 된다. 소중한 사람들을 배신한 나를, 도저히 용서할 수가 없다.

죽자. 한계까지 팽팽하게 버티던 실이 마침내 끊어지고 말았다. 이 앞에 희망이고 나발이고 없기에.

하지만 나 혼자 지옥에 떨어질 수는 없다.

이 지옥을 만든 장본인도 함께…….

적어도, 마지막만큼은 내가 나다울 수 있도록…….

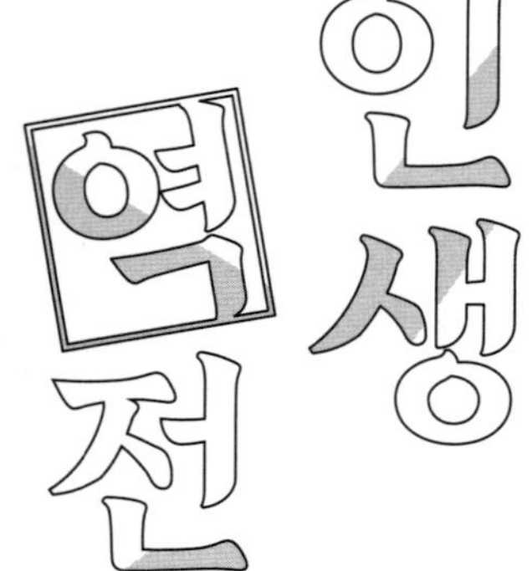
인생
역전

JINSEIGYAKUTEN

제 4 장 소꿉친구들의 화해

——엔도 시점——

노을 지는 공원에서, 계획의 진척 상황을 점검한다.

축구부의 연계는 쐐기를 박아 완전히 와해시켰다. 이제는 자연스럽게 공중분해 되기를 기다리기만 하면 된다. 축구부 내에서, 콘도와 가장 가까운 미츠다를 역으로 고립시키는 데도 성공했을 터다. 조만간 그 사진 사건이 콘도의 귀에 들어가겠지. 그렇게 되면, 부원 중에서 가장 믿었던 이에게 배신당했다는 절망감에 정신이 나갈 것이다.

그리고 콘도와 아마다 미유키의 관계까지 틀어지면, 녀석은 완전히 고립된다.

이건, 아오노가 봐야 했을 절망을 고스란히 되돌려주기 위한 작전이다.

아오노 에이지가 당한 것에 비하면, 내가 느낀 고통 따위는…….

소꿉친구에게 배신당한 것도 모자라, 죄까지 뒤집어쓰

고, 학교에서 왕따가 되었다. 인간이라고 할 수 없을 정도로 악랄한 짓이라고 생각한다.

그렇기에 놈이 있을 자리를 완전히 빼앗을 것이다. 놈이 내 친구들에게 한 것처럼. 그리고 고립된 콘도는, 이번 사건의 배후와 접촉하겠지. 모든 일의 원흉을 찾아내, 그 자식도 같이 끌어내릴 거다.

그러고 나면 어떤 벌이든 받아 주지. 놈들을 지옥으로 떨어뜨릴 수 있다면, 무슨 짓이든 할 수 있으니까.

"어, 엔도잖아. 요즘 자주 마주치네!"

벤치에 앉아 생각에 잠겨 있는데 누군가 갑자기 말을 걸었다. 이마이였다.

"그러게, 나는 산책하고 있었어. 이마이는 체력 기르려고 러닝 중이야? 가만, 그러고 보니 오늘 학교 쉬지 않았어?"

숨을 헐떡이며 움직이기 편한 운동복 차림이다. 아직 9월이라 더운데도 지친 기색도 없다.

역시 문무겸비.

"맞아! 오늘은 할 일이 있어서 꾀병 부리고 쉬었어. 엔도도 너무 무리하지 마. 무슨 일 있으면 언제든 말하고."

이마이가 씩 웃는다. 그런데 그 미소에는 살짝 다른 색도 어려 있었다.

나를 걱정하는 색을 발견했다.

그래. 이마이는 똑똑하고 행동력도 있어. 그날, 축구부에 봉투를 던져 넣은 날에 마주친 게 실수였나. 아니, 이 녀석은 사람을 팔아넘길 인간성도 아니거니와 내 뜻도 존중할 녀석이야.

그래서 일부러 못 본 척해 준 것처럼 보였다.

"무슨 소리야. 그냥 산책하러 나온 건데. 걱정이 너무 심한 거 아니야? 아무리 병치레하고 일어난 뒤라고 해도 말이야."

나는 웃으며 얼버무렸다. 아주 조금 양심에 찔린다.

"그러게. 그러면 지금부터 하는 말은, 걱정 많은 친구의 망상에 의한 혼잣말이니까, 흘려들어 줘."

친구의 다정함에 닿는다. 그 순간 나도 의식하지 못한 사이에 차갑고 냉정한 복수자의 가면이 벗겨질 뻔했다. 하지만 필사적으로 그 충동을 억누르고 웃으며 고개를 끄덕였다.

"네가 뭘 하려는 건지, 자세하게는 몰라. 무슨 일이 있었다는 건 알지만, 깊이 파고들어서는 안 된다고 생각해. 그렇지만 말이야, 그렇게 쉽게 너 자신을 희생하려고는 하지 마. 아마, 네가 목표로 하는 지점에는, 마지막에 자기희생이 포함돼 있을 것 같거든. 너를 희생하는 게 아오노에게 받은 은혜를 갚는 일이라는, 그런 슬픈 말은 하지 마."

그 말을 듣고 심장이 덜컥 요동쳤다. 맥박이 빨라지고, 숨이 약간 가빠질 정도로.

"뭐야, 그게. 무슨 말인지 모르겠어."

"그렇지? 그러니까 혼잣말이라고 했잖아. 근데 친구로

서, 나는 계속 엔도와 사이좋게 지내고 싶어. 네가 웃으면 좋겠어, 친구로서 말이야. 에이지도 나와 같은 생각일걸. 엔도가 상처받으면, 아마 그 녀석도 슬퍼할 거야."

전부 안다는 듯이 말하는 친구를 보며 나는 할 말을 잃었다.

"알아? 내가 하려는 일 전부?"

머뭇머뭇 묻자, 이마이는 고개를 저었다.

"너랑 이번 소동의 중심인 콘도 사이에 연이 있다는 건 조사했어. 하지만 그 이상 파고들지는 않았어. 그래서 추측만 할 뿐이야."

아니, 마음만 먹으면 중학교 때 무슨 일이 있었는지까지 조사할 수 있었으리라.

그리고 아오노의 이름까지 꺼냈다는 건, 이마이는 전부 눈치챘을 가능성이 높다.

나를 진심으로 걱정해 주는 다정함과 따스함. 줄곧 원한 장소를 나는 이미 되찾았었구나. 그 감사함이 정말로 실감이 됐다.

하지만 여기까지 와 버린 이상, 돌아갈 수는 없어. 멈출 수 없어. 콘도와 그 배후를 쓰러뜨리기 위해서.

"고마워, 이마이."

간신히 짜내 답하자, 이마이는 웃었다.

"그래. 잠깐 옛날얘기나 해 볼까."

"옛날얘기?"

“응, 내가 에이지와 친해진 계기. 어때, 흥미가 생기지?”

“그러게. 그러고 보니 들은 적이 없네.”

“초등학교 때였어.”

“초등학교? 그전부터 친하지 않았어? 소꿉친구잖아.”

“맞아, 자주 어울려 놀기는 했지. 그렇지만 절친이라고는 생각 안 했어. 그냥 오래전부터 알던 사이 같았달까.”

“그랬구나, 그런 시절도 있었구나. 지금은 상상이 안 되네.”

그런 생각을 하며, 내게도 소꿉친구가 두 명이 있었던 것을 떠올렸다. 에리와는 끝났고 다른 친구와는 멀어졌다.

나를 도우려 했던 그 애에게 심한 말을 해서. 어쩔 수 없어. 다 내 잘못이야.

“아무튼 그래서, 뭐, 내 입으로 이런 말 하기가 좀 그렇지만, 내가 이것저것 꽤 잘하는 편이라 반에서 따돌림을 당했어. 지금 생각해 보면 내가 잘못했어. 운동회 때 춤을 추게 됐는데 나는 금방 외웠단 말이야. 근데 내 옆자리 여자애가 운동을 잘 못 해서 좀처럼 실력이 늘지를 않더라고. 지금은 이해해. 서툴면 어쩔 수 없잖아. 천천히 배워야지. 그렇지만 그때는 내가 아직 어렸어.”

나는 고개를 끄덕이며 다음 이야기를 재촉한다.

“그래서 그만 말해 버린 거야. 왜 그렇게 게으름을 피우느냐고. 지금 생각해도 참 심했어. 그 바람에 그 여자애는 울기 시작했고, 반 아이들 대부분이 나를 보는 눈빛이 싸

늘해졌어. 그렇게 겉돌게 되고 에이지 말고는 말을 걸어
주는 애도 없었어.”

“아오노는 말을 걸어 줬구나.”

“그게 녀석의 대단한 점이지. 자기도 왕따당할 위험 부
담을 짊어지면서도, 항상 평소 그대로 대했어. 그뿐만이
아니야. 내가 조금씩 다시 반의 무리 안으로 들어갈 수 있
도록 이끌어 줬어.”

“이끌었다고?”

“곤란한 문제가 생기면, 곧장 나를 의지하는 거야. 그리
고 내가 상냥하게 에이지를 도와주는 흐름을 만드는 거지.
그것도 좀 장난치면서. 조회 시간에 의견 충돌이 났을 때
도, 에이지는 나를 조언자인 양 다뤘어. 덕분에 반 애들에
게 다시 신뢰를 얻었고. 그러다 보니까 점점 반 애들과의
거리도 좁혀지고 에이지처럼 내게 장난을 거는 남자애들
도 생겼지.”

“그랬구나. 역시 아오노는 대단해.”

“응, 그 녀석은 나를 구원해 줬어. 아마 본인은 까맣게
잊었을걸. 그렇게 그릇이 큰 일을 했는데 말이야. 아니, 그
릇이 커서 잊었는지도 모르지만. 그래서 나는 이번 괴롭힘
사건을 가장 먼저 알아차려야 했어. 그런데 대처가 늦는
바람에, 어떻게 해볼 수 없을 정도로 아오노를 상처 입히
고 말았지. 나는, 은혜도 모르는 놈이야.”

“그렇지 않아. 타이밍이 안 좋았을 뿐이잖아. 거기다 지

금은 아오노를 위해서 애쓰고 있고."

"해 줄 수 있는 게 그것밖에 없어. 아오노는 내 안에서 희망이자, 태양 같은 존재야. 그런 이유로 녀석에게 상처를 준 놈들은 절대 용서 안 해."

이마이의 마음이 백분 이해된다. 나 역시 아오노가 구원해 준 사람 중 하나이기에.

"엔도는?"

생각해 보니, 이마이와는 아오노를 통해 친해져서, 얘기한 적이 없네. 내 과거를 조사했다면, 얘기해도 괜찮겠지.

"나는, 콘도 일당 때문에 1년 재수했어. 고등학교를 재수하다니, 흔치 않잖아. 그래서 입학해서도 좀처럼 친구가 생기지 않았어. 근데 그건 각오했던 일이었어. 혼자여도 괜찮지 않나 싶었거든. 한때는 등교 거부까지 한 내가, 고등학교에 합격했다는 것만으로도 부모님은 울 정도로 기뻐하셨어. 그래서 그 이상을 바라는 건 사치라고 생각했지."

이번에는 이마이가 들어 줄 차례였다.

"역시 나 같은 경우는 드물잖아. 소문도 점점 퍼지고 이상하게 부풀려지기까지 하더라. 그러다가 반에서 처음으로 자리를 바꿨는데, 아오노 근처에 앉게 됐어. 나는 계속 소설만 읽으면서 시간이 지나가기만을 바랐는데. 그런데 그 녀석이 갑자기 말을 걸지 뭐야. '엔도, 나도 그 작가 좋아해'라고."

"개답다."

“놀랐어. 느닷없이 반말로, 처음부터 오랜 친구처럼 편하게 얘기하는 거야. 그 이후로는 내내 소설 얘기만 했어. 근데 부족하다면서 수업 끝나고 패스트푸드점까지 가자더라. 둘이 감자튀김 L 사이즈 먹으면서 수다 떨었어. 거리감이, 좀 이상했지.”

“웃긴다.”

“근데 그 덕분에 다른 애들과도 말을 트게 됐고, 이마이 같은 친구도 생겼어.”

“그랬구나.”

“문과, 이과 선택하면서 2학년 때 반이 갈린 건, 아쉽더라.”

“걔도 너랑 얘기하고 싶어 해.”

“모든 게 끝난 다음에. 내가 중학교 때 싸우려 하지도 않고 도망쳐 버린 탓에, 아오노처럼 착한 녀석이 그 자식의 먹잇감이 되고 말았어. 그래서 용서할 수 없었어. 그 자식을 없애야 한다고, 그렇게 생각했어…….”

일부러, 그 이상은 말하지 않았다. 이마이는 이해하고 있었으니까.

그 후로 우리는 말이 없어졌다.

“그럼, 나는 이만 갈게. 필요하면 언제든 말해. 너도 내 소중한 친구니까.”

그렇게 말하고 이마이는 다시 달려갔다.

음악을 들으며 뛰는 걸까. 휴대폰을 만지작거린다. 나도 가야지.

내일 아침도 일찍 일어나야 하니까.

그렇게 생각하며 공원을 나가려는데 다른 학교 교복을 입은 여학생의 모습이 눈에 들어왔다. 옆을 지나쳐 가려는 그때…….

"잠깐만, 카즈키, 엔도 카즈키 맞지?"

그리운 목소리였다. 여자애의 목소리.

에리가 아닌, 또 한 명의 소꿉친구의 목소리였다. 에리에게 배신당했을 때, 마지막까지 나를 일으켜 세우려 해 준 여자애.

"나야, 도모토 유미. 기억나?"

순간, 시간이 멈춘 기분이 들었다.

왜 여기에……. 아니, 조금 전 이마이의 말에 이상한 구석이 있었지. 내 중학교 시절 이야기까지 알고 있었어. 그렇다는 건 중학교 관계자에게 들었다는 얘기가 돼. 이렇게 만난 거, 이마이가 계획한 건가?

계속 사과하고 싶었던 사람이 눈앞에서 웃고 있다. 유미의 미소는 예전과 변함이 없다. 그래서 나도 당시에 쓰던 말투로 대답하고 말았다.

"유미……. 어떻게 잊겠어. 오랜만, 이야."

오랜만에 듣는 다정한 소꿉친구의 목소리. 말투가 꽤 차분해졌다. 중학교 때는 길었던 밤색 머리도 제법 짧아져 있다. 마지막으로 본 게, 내가 집에 틀어박히고 나서 있었던 졸업식 날이었다.

에리에게 버림받고 절망한 나머지 등교 거부를 하게 된 나를, 많은 친구가 괜찮은지 보러 와 줬다. 하지만 당시의 나는 누구도 만나고 싶지 않아서 차갑게 거절했다. 그 탓에 찾아오는 친구의 숫자는 점점 줄었다.

그런 와중에도, 마지막까지 나를 찾아와 준 게 바로 소꿉친구 유미였다.

"다행이다. 연락도 없길래, 나를 아예 잊었나 싶었거든."

유미가 쓸쓸해 하는 듯한 미소로 웃는다. 그 모습에 가슴이 쿡쿡 쑤시듯 아파진다.

"너를 어떻게 잊어. 그리고 나는 연락할 자격이 없는걸."

그때의 나는 유미의 다정함이 무서워졌다. 그토록 다정했던 에리도 돌변해서 트라우마가 생겼었으니까.

"자격? 자격이라니? 나는 연락이 안 와서 서운했단 말이야."

투정 부리듯 말하는 유미는 예전 그대로였다.

"나는, 다정하게 대해 준 너를 최악의 방식으로 거절했어. 그래 놓고 연락을 어떻게 해. 행복해질 자격도 없어, 난."

유미의 다정함이 무서워서 도망친 겁쟁이다.

그 일로, 중학교 때 친구들도 떠나갔다.

겁쟁이인 내게 딱 어울리는 말로다.

"다정하구나, 여전히."

"다정? 내가?"

예상치 못한 말에 깜짝 놀라 되물었다.

"응. 솔직히 말이야, 지금 생각해도 내가 너무 무신경했
어. 가장 괴로웠고, 그저 가만히 내버려두길 바랐을 카즈
키의 마음을 헤아리지도 않고 넘지 말아야 할 선을 넘으려
했어. 그걸 지금도 후회해. 너는 다정해서 모든 걸 네 탓으
로 돌린 것 같은데 나도 잘못했어. 미안해."

그때. 중학교 졸업식 날. 내내 학교를 쉬었던 내게, 유미
는 졸업 문집과 졸업장을 전해 주러 왔다. 유미만큼은 믿
었기에 부모님도 방으로 들여보냈다.

※

"저기, 카즈키. 잠깐이라도 좋아. 봄방학 때, 외출하지
않을래? 계속 방에만 있으면 힘들잖아."

유미는 늘 그랬듯이 나를 배려했다.

하지만, 수험도 못 치르고 졸업식도 못 간 나는, 어딘가
초조했던 것 같다. 그래서 유미에게 화풀이하고 말았다.

"시끄러워. 네가 뭔데 내 마음을 안다고 그래. 너는, 좋겠
다. 앞으로 즐거운 고등학교 생활이 기다리고 있잖아. 나와
는 다르게……. 동정인지, 아저씨 유전의 정의감인지는 모
르겠지만, 이런 건 민폐일 뿐이야. 이제 나 좀 내버려둬."

다시 생각해도 말이 심했다. 유미는, 내가 되도록 공부
에 뒤처지지 않게 매일 프린트를 갖다주고, 공립 고등학교
원서도 챙겨다 줬는데.

그 은인에게, 최악의 말을 퍼부어 버렸다.

유미도 버티던 끈이 뚝 끊어졌는지, 울음을 터트린다.

"미안해. 나는, 카즈키의 마음을, 하나도 몰라 줬구나. 내가 한 짓은 강요였어. 정말 미안해."

그 말을 듣자, 맹렬하게 후회했다.

나는 정말 최악이다.

자기혐오와 후회감에 아무 말도 할 수 없었다.

몇 초 후, 유미는 사과하면서 이만 가 보겠다며 방을 나갔다.

"잘 지내, 카즈키. 네가 에리랑 사귀어서 계속 참았는데……, 나는, 너를 좋아했던 것 같아."

마지막으로 이런 말을 남기고.

※

"유미 덕분이야. 내가 지금 이렇게 고등학교에 다니는 건."

둘이 벤치에 앉아, 천천히 이야기한다. 몇 년 만에 처음으로 진심에서 우러난 말이었다.

"그렇구나. 조금이라도 앞으로 나아갔다니 다행이야. 내 오지랖도 조금은 도움이 된 건가?"

"오지랖 아니야. 그때는, 내가 화풀이한 거지……. 네가 가고 차분히 생각하니까 정말 고마운 일이라고 깨달았어. 잃고 나서야 깨닫는다고 하잖아, 소중했음을."

유미가 부드럽게 웃는다.

"있지, 카즈키. 이마이한테 대강은 들었어. 걔, 똑똑하더라. 네가 고민하는 걸 눈치채고 여러모로 조사했나 보더라. SNS도 활용해서 말이야. 그래서 친구들을 통해서 나한테까지 닿은 것 같아."

역시, 그렇구나. 유미와 만난 건…….

"그래서 말인데 이 말만 하게 해 줘. 이건 내 진심이니까. 너 자신을 용서해 줘, 카즈키. 네가 행복해질 자격이 없을 리가 없어. 그건 내가 가장 잘 알아. 그리고 있잖아. 중학교 때 친구들도 다, 카즈키를 걱정해. 수험 보랴, 취업 활동 하랴 바빠도, 다들 이마이의 부탁에 자기 일처럼 움직여 줬어. 네가 지금 고등학교에 다니고 있다는 사실에도 기뻐했어. 이마이처럼 좋은 친구가 생긴 것도 기뻐하고 말이야."

따뜻했던 그 시절의 기억이 한꺼번에 되살아난다. 복수자가 되기 위해 봉인한 따뜻함이 떠오른다.

"하지만…… 나는……."

매몰차게 뿌리친 친구의 얼굴이 자꾸만 떠올랐다.

"행복해져, 카즈키. 너는 정말 다정한 사람이니까."

차가운 내 손을 유미가 꼭 잡았다. 차가웠던 손이 서서히 온기를 되찾는다.

"고마워."

그 말밖에 할 수 없었다.

"카즈키, 연락처 알려 주라."

따뜻한 세계로 이어질, 구원의 말이다. 그래서 나도 모르게, 눈앞에 있는 따뜻하고 다정한 손을 잡고 말았다.

※

——도모토 유미 시점——

카즈키와 터놓고 이야기하며 화해했다. 달라진 카즈키의 연락처도 받았다. 마음 같아서는 더 많이 이야기하고 싶었는데, 제대로 말이 나오지 않았다. 카즈키는 아직, 콘도와 그 애의 일을 마음에 두고 있는 것 같다.

이성 간의 감정이 아니라, 그 두 사람의 폭주를 자기가 막아야 했다는 책임감 때문에. 지금 무슨 일이 일어나고 있는지는 이마이가 대강 알려 줬다. 이마이는 친구 아오노와 카즈키를 돕고자 여기저기 알아보다가 친구 몇 명을 건너 건너 나한테까지 도달한 모양이다.

다른 친구들도 그랬다.

'카즈키가 앞으로 나아가고 있어서, 정말 다행이야.'

나도 다행이라고 생각한다. 카즈키는 착실히 앞으로 나아가고 있다. 그래서 위험한 일은 안 했으면 한다.

카즈키가 이 이상 다칠 필요 없는데.

하지만 카즈키는 가 버렸다. 아직 끝내지 못한 일이 있다며.

"있지, 카즈키……. 그 일이 끝나면, 나한테 돌아와 줄래? 그날의 대답을 들려줄래?"

곁에 없는 카즈키에게, 나는 조그맣게 속삭였다.

그날, 카즈키와 마지막으로 만난 날. 나는 너무 제멋대로였다.

우울해하는 카즈키를 돕고 싶었다. 예전처럼, 어디든 놀러 가서 둘이 웃고 싶었다. 그래서 포기하지 못하고, 그를 만나러 갔고, 이것저것을 전해 주러 갔다. 고등학교에 가서도 계속 그러려고 했다.

하지만 카즈키의 말을 듣고, 그게 오히려 초조하게 만들었다는 걸 깨닫고 말았다.

그래서 도망쳤다. 무서웠다. 내가 카즈키의 인생을 망친 게 아닐까 싶어서, 너무 무서웠다.

그러면서도, 나를 잊지 않았으면 해서, 내 마음마저 전했다.

카즈키가 대답해 주지 않은 게 아니다. 내가 대답을 듣기가 두려워서, 만날 수 없게 된 거다. 네가 내 인생을 엉망진창으로 만들었다는 말을 들으며 거절당했다면, 나는 절대 다신 회복할 수 없었을 것이다.

그건, 카즈키의 진심이 아니다. 초조한 마음에, 내가 무심코 하지 말아야 했을 말을 해 버린 탓에, 조금 화가 나서 마음에도 없는 말을 했을 뿐이다. 알고 있었는데도, 한 발을 내디디기가 어려웠다.

그래서 나는 이마이가 고맙다. 이마이가 아니었다면, 용기 내어 다시 한번 카즈키 앞에 나설 수 없었을 테니까.

여전히, 나를 유미라고 불러 줬다.

지금은 그거로 충분하다.

그러니, 신이시여……. 제발 더 이상 카즈키를 힘들게 하지 말아 주세요.

제가 가장 좋아하는 소꿉친구는, 이미 상처투성이란 말이에요…….

제발 그만 아프게 해 주세요.

제 5 장   아이 vs 미유키

"아가씨, 의뢰하셨던 보고서입니다."

거실에서 운전기사 쿠로이에게 서류를 건네받았다.

흥신소에서 의뢰했던 그 보고서를 넘긴 모양이다.

나는 몇 장을 읽고 끔찍한 내용에 구역질이 났다.

이제껏 나는 일부러 선배에게 무슨 일이 있었는지 묻지 않았다. 말하기 어려운 일일 것 같았던 데다 가족인 어머님께도 얘기하고 싶지 않아 보였기 때문이다. 내가 억지로 캐물으면, 마음의 상처가 더 깊어질 수도 있다. 무슨 일인지 어느 정도는 짐작했지만, 막상 보고서를 읽으니, 선배를 향한 악의에 내 트라우마까지 되살아나 괴롭다.

그렇게 다정한 사람이 어째서 이런 일을 겪어야만 하는 걸까. 신은 왜 이리도 불공평할까.

쿠로이에게 부탁해 흥신소를 동원해 선배에게 무슨 일이 있었는지 조사하길 잘했다. 이걸로 적이 분명해졌다. 이제 나도 움직일 수 있다.

처음에는 단순히 연애 문제로 갈등을 겪다 말려든 것이라고 가볍게 생각한 부분도 있다. 하지만 보고서는 그보다 더 악의로 가득한 내용이었다.

※

『보고서』

아오노 에이지 씨와 교제 중이던 아마다 미유키가 바람을 피운 정황이 있다. 아마다 미유키는 같은 고등학교의 축구부 선배인 콘도(※부모가 시의회 의원에 지방 종합 건설 회사의 실질적 경영자)와 밀회 중이며, 이들은 수상하게 여긴 인근 주민들 사이에서도 소문이 돌고 있었다.

이 삼각관계에서 정확히 무슨 일이 있었는지는 알 수 없다. 그러나 아오노 에이지 씨의 생일 이후로, 그가 여자 친구인 아마다 미유키에게 폭력을 썼다는 내용이 SNS상에서 대대적으로 퍼지기 시작한 점을 고려하면 생일 당일에 무슨 일이 있었을 가능성이 높다. 왜냐하면, 그전까지는 그를 깎아내리는 게시물이 전혀 없었기 때문이다.

유포한 SNS 계정 대부분은 일회용 계정이었으나, 일부는 평소에도 사용되던 계정이었고 다른 사진 등을 통해 계정주는 축구부 부원일 가능성이 높은 것으로 보인다.

또한, 정보가 공유되어 다른 학생들이 반응하기 시작한 시점은 생일 이틀 뒤부터인데, 이 점으로 미루어 보아 일부 무리가 공모하여 아오노 에이지 씨에 대해 의도적으로 악질 소문을 퍼트렸다고 보는 것이 타당하다. 이와 관련한 데이

터는 저장해두었으며, 재판 등에서 증거로 활용할 수 있도
록 조치하였다.

※

　보고서는 사실만을 나열하고 있다. 여기서 도출되는 결
론은 하나다.
　우선 선배의 성격을 고려하면, 아마다 선배에게 폭력을
썼을 가능성은 거의 0에 가깝다. 그리고 부자연스러운 축
구부의 움직임.
　아마, 이번 사건의 주모자는 축구부의 콘도일 것이다. 분
명 1학기에 나에게도 간접적으로 접근해 온 역겨운 선배다.
　콘도와 아마다 선배는 바람을 피웠고, 선배의 생일 당일
에 그 사실을 들켰다.
　둘은 자신들의 안위를 위해서 선배가 폭력을 행사했다
는 소문을 퍼트려, 선배를 고립시키고자 했다.
　내 상상이 사실이라면, 정말 비열하기 짝이 없다.
　듣기로 선배와 아마다 선배는 작년 겨울부터 사귀었다
고 했다. 연인으로서 처음 맞는 생일에, 그런 잔혹한 진실
을 짊어진 것도 모자라서 누명까지 뒤집어쓰고, 사회적으
로 매장당할 뻔했다.
　"그건, 너무하잖아."
　그래서 그랬구나, 처음 만났던 날. 선배가 옥상에 온 이

유가 이거였어.

다정한 그 사람을 죽음으로 내몰면서까지 절망케 한 것에, 분노가 부글부글 끓어오른다.

"무슨 이유에서든, 누군가의 순수한 호의를 이렇게 짓밟을 수는 없는 거야."

그래, 결혼한 부부 사이가 아니라면 의리를 지킬 필요는 없을지도 모른다. 자유연애라는 명분도 있다.

하지만 그 다정한 사람이 이런 짓을 당해야 할 이유도 없어.

용서 못 해.

심지어 저를 보호하자고…… 자살까지 마음먹게 할 정도로 누명을 씌우다니…….

보고서에 적힌 내용이 너무 충격적이라 몇 번이고 속이 뒤집혔다.

그런 지옥 같은 상황에서도 나를 도와준 그 사람이 점점 더 좋아진다.

"정말 한없이 다정하네요, 에이지 선배는……."

그 사고 이후로, 온몸으로 뒤집어쓴 지옥 같은 악의를 겪은 내게는, 선배가 옥상에서 내게 보인 선의가 얼마나 대단한 일인지, 가슴이 사무칠 만큼 안다.

어떻게 그래요? 그렇게까지 내몰린 상황에서 죽으려 한 나를 어떻게 다정하게 대할 수 있었던 거예요, 선배는.

잠깐 바깥 공기를 쐬고 싶어졌다.

걱정하는 쿠로이를 제지하고 혼자 가까운 공원으로 향했다. 거절했지만, 누군가는 경호로 붙였을 것이다.

조금만 푸른 자연 속을 거닐며 기분을 전환한다.

"선배가 잃은 건 너무나도 많지만……, 내가 조금이나마 메워 줄 수 있으면 좋겠어."

마음 같아서는 가능하다면 잃은 것을 전부 채워 주고 싶다. 하지만 그건 매우 오만한 생각이다.

단, 아마다 선배와 축구부의 콘도는 절대 용서하지 않을 것이다.

그런 다짐을 하며 산책하는데, 뜻밖의 우연과 마주쳤다.

저 앞에서 얼굴이 하얗게 질린 미인이 비틀거리며 걸어오고 있었다. 아는 얼굴이다. 직접 대면한 적은 없지만, 미인으로 유명한 선배였고 아까 본 보고서에도 등장한 인물이기에.

"이치죠, 아이?"

저쪽도 나를 알아본 모양이었다. 좀비처럼 창백한 얼굴이다.

"아마다 미유키 선배……."

우리는 처음으로 직접 마주했다. 선배로서는 최악의 타이밍에.

※

뜻밖의 조우에, 말문이 막혔다. 왜 선배가 내 이름을 알고 있는지는 지금은 생각하지 않기로 했다.

그렇게 대담하게 행동했으니, 전 여친인 아마다 미유키 선배의 귀에도 소문이 들어갔으리라는 건 쉽게 짐작할 수 있다.

"안녕하세요. 이치죠 아이예요."

나는 싸늘하게 인사를 건넸다. 솔직한 심정으로는 말도 섞기 싫었다.

"오, 오늘은, 에이지랑 같이 안 있네?"

인사를 돌려주지도 않고 떨리는 목소리로 되묻는다.

"마치, 항상 함께 있는 모습을 보고 있던 사람처럼 말씀하시네요. 학교 선배이기는 하지만, 아마다 선배와 얘기하는 건 지금이 처음인데 말이에요. 게다가 지극히 사적인 질문이니, 대답할 도리는 없을 것 같네요."

말투에 제법 가시가 돋쳤다. 나를 싫어하든 말든 상관없다.

"나는, 에이지의 여자 친구……."

그러한 발언에, 나는 나도 모르게 눈을 부릅떴다.

이 사람, 그런 끔찍한 짓을 하고도, 아직도 사귀는 사이라고 생각하는 거야?

아니, 그게 다가 아니다. 이 사람은 지금 도망치고 있다. 자기가 가해자라는 죄책감에서도, 선배를 배신한 사실에서도.

태도가 무책임의 극치라 용납이 안 된다.

다정한 그 사람을 자살 직전까지 내몰았으면서. 만약, 타이밍이 조금만 어긋났더라면 선배도 나도…….

분노를 담아 노려본다.

"그래요? 그런데요, 아마다 선배는 축구부의 콘도 선배를 선택했잖아요. 지금까지 계속 곁에서 함께해 준 소꿉친구인 아오노 에이지 선배를 버리고. 그것도, 선배 생일에……."

일부러 내막을 다 안다는 식으로 말했다. 내가 가진 정보가 틀리지 않았는지 확인도 할 겸.

"그…… 건……."

역시, 대답하기 주저한다. 정곡을 찔렀나.

"그 시점에서 두 분의 연인 관계는 끝 아닌가요? 심지어 당신이 선배를 배신하는 최악의 방식으로."

"그게……."

역시 이번에도 대답하지 않는다. 아니, 그뿐만 아니라. 또 도망치려 하고 있다.

"대답할 수 없다는 건, 사실이라는 뜻 맞죠?"

선배가 눈을 내리깔고 울음을 터뜨리려 한다. 나는 천천히 현실을 직시시킨다. 그러지 않으면, 계속 도망치려 들 테니까.

이미 나는 당신이 바람피웠다는 사실도, 가장 사랑하는 사람을 배신하고 당신의 안위를 위해 누명을 씌운 일도 전부 알고 있어.

그렇게 넌지시 내비쳤다.

여기서 선배를 비난할 수도 있지만, 나 같은 제삼자가 다그쳐 봤자 의미가 없다. 그래서 나는, 선배의 지금 위치를 냉정하게 인식시키기로 했다. 자기변명을 계속하는 그녀에게 싸늘한 시선을 보내며.

"우리는 10년이 넘도록, 계속 함께했어."

아직도 변명하려는 거야?!

"그 10년을 배신한 건 당신이에요. 10년에 걸쳐 쌓아 온 신뢰를, 당신이 무너트렸다고요. 아주 잔혹한 방법으로요. 연애야 자유예요. 다른 사람을 좋아하게 됐으면, 에이지 선배와는 깔끔하게 정리해야 했어요. 그게 최소한의 예의죠. 하지만 당신은 그러지 않았어요. 그것도 모자라서 남자 친구의 생일날에 그를 버리는 최악의 행동을 했어요. 왜 그랬어요? 왜, 그토록 다정한 사람을 일부러 괴롭게 만드는 방식으로 배신했어요?"

언성이 격해지고 말았다. 평소답지 않게 속사포로 몰아붙였다. 나도 나를 멈출 수가 없었다.

"나도, 에이지와는 헤어지고 싶지 않았어. 이제껏 함께했고, 내 첫사랑이었으니까. 그런데 콘도 선배와 잘못을 범하고, 그 후로도 관계를 질질 끌게 됐어. 원래는 잠깐만 만날 생각이었어. 마지막에는 에이지를 선택하려고 했어. 그랬는데, 그랬는데. 그날, 우연히, 에이지와 마주치고 말았어. 만날 리가 없는 장소에서. 어째선지 에이지가 거기에 있었어."

고장 난 기계처럼 말하는 아마다 선배가 안쓰러울 정도로 자기 연민에 빠져 변명을 늘어놓는다. 자신이 마치 비극의, 비련의 여주인공이라도 된 듯이.

틀렸어. 당신은 여주인공이 아니야. 그 자리에 있어서는 안 돼. 그걸 왜 몰라?

"그렇다고 해도, 당신은 가해자예요. 본인이 괴롭다고 말하지만, 가장 괴로워한 건 에이지 선배예요. 제가 듣기에는, 이기적인 말로밖에 안 들려요."

"으으……."

딱딱한 아스팔트 위로 무너져 내리듯 주저앉는다.

더는 도망칠 구석이 없는 걸까. 아니면, 또 다른 핑계를 생각하고 있는 걸까.

"왜, 그런 거짓 소문을 퍼트렸어요? 그 소문 때문에……."

무심코 진실을 입 밖에 낼 뻔해서 황급히 입을 다물었다.

내가 말해서는 안 되는 사실임을 깨달았기에.

"무서웠어. 그대로, 정말 혼자가 될까 봐 무서웠어. 에이지와는 원래대로 돌아가지 못하잖아. 그래서, 선배한테 매달리고 말았어. 미안해. 미안해."

애원하듯 사과한다.

사과인 척하는 변명에 머리로 피가 쏠렸다.

"그런 이유였다고요?"

무심코 되물었다.

"어?"

이런 태도를 원한 게 아니었다.

"당신은, 고작 그런 이유로, 다정한 아오노 에이지라는 사람의 인생을 망치려고 한 거예요?!!"

"힉."

서슬이 시퍼런 내 기세에 압도되어 짧은 비명을 지른다.

순간, 눈앞에 있는 여자의 뺨을 후려치고 싶은 충동이 일었지만, 필사적으로 이성을 다잡고 억눌렀다. 때려서는 안 된다. 때리면, 나도 같은 수준이 된다. 인간이 아니라, 욕망에만 이끌려 사는 비참한 동물로 전락한다.

"선배는…… 개학하고 학교 옥상에서, 죽으려고 했어요. 그 다정한 사람이 자살까지 생각할 정도로, 내몰렸다고요. 선배가 뭘 했는데요. 그저, 여자 친구랑 생일을 즐겁게 보내고 싶어 한 게 다예요. 그랬을 뿐인데……, 아마다 선배. 사람의 순수한 선의를 짓밟고, 당신을 지키기 위해 사람을 나쁜 사람으로 만들고. 그런 데다 피해자를 자살 직전까지 몰아넣고. 그런 짓을 한 당신들이 용서받을 수 있을 리가 없어요. 저는 절대 용서 안 해요. 용서 못 해요!!"

"에이지가…… 자살? 거짓말…….""

아마다 선배의 얼굴이 순식간에 새하얗게 질려 감정이 죽어 간다. 그러나 더 말할 필요도 없었다. 자신의 악의가 한 사람의 목숨을 쉽게 앗을 수도 있다는 현실을 선배는 알지 못했다. 직시도 못 했다.

그 사고 때, 나에게 향했던 악의도 분명 이런 부류의 사람들에게서 비롯된 것이겠지.

"주제넘었네요. 그럼, 실례하죠."

동요하는 선배를 무시하고 나는 그 자리를 뒤로했다. 아마다 선배에게서 도망치듯, 서둘러 자리를 벗어났다. 주제넘은 짓을 했다며 자기혐오가 피어올랐다.

원래라면, 내가 말해서는 안 되는 자살 미수 얘기를 아마다 선배에게 하고 말았다.

선배는 숨기려 했을 텐데.

감정이 폭주해서 멈출 수가 없었다. 선배에게 미안하다.

(하지만 생명의 은인이 벼랑 끝까지 몰렸다. 그 다정한 선배가, 누군가의 악의로 인해 세상을 등질 뻔했는데 당사자는 피해자인 척 굴고 있었다. 그걸 어떻게 두고 봐. 다정한 에이지 선배의 삶이, 타인의 악의로 인해 일그러지는 것을 두고 볼 만큼 나란 인간은 성숙하지 않다.)

자기혐오와 분노. 부정적인 감정에 휩싸인다.

어째서일까, 후회되지는 않았다.

에이지 선배는, 다정해서, 분명 한 걸음 물러섰을 거야.

그럴 것을 아니까, 대리인처럼 아마다 선배에게 말해 버렸는데 조금이나마 도움이 되었을까. 설령, 내가 미움받는다고 할지라도 전면에 나설 수 있었으니 조금은 은혜를 갚은 건지도 몰라.

만약 그때 옥상에서, 우리가 만나지 않았다면, 에이지 선배는 정말 죽으려고 했으니까. 선배처럼 좋은 사람은, 그런 곳에서 아무도 모르게 생을 마쳐서는 안 돼. 최선을 다해 살고, 사랑하는 가족에게 둘러싸여 떠나야 할 사람이야.

나처럼, 다른 사람의 목숨을 희생시켜서까지 살아 있는 인간과는 차원이 다른 존재.

행복해져야만 해. 아오노 에이지라는 사람은 그럴 자격이 있는 사람이야.

「아이. 우리 딸, 꼭 행복해져야 해.」

「미안해. 좀 더 자주 말해 줄걸. 이런 때만 말하는, 한심한 엄마를 용서해 주렴. 사랑해.」

「괜찮아. 분명 아이를 사랑해 줄 사람과 반드시 만날 거야.」

「엄마는, 언제나 아이 곁에 있어. 한 가지 아쉬운 게 있다면, 우리 딸이 웨딩드레스를 입은 모습을 보고 싶었어.」

내내 눌러 뒀던 엄마의 마지막 말을 떠올리고 말았다. 지금까지 줄곧 도망만 다녔던 말들이, 계속해서 들린다. 여태 떠올릴 수 없었던 엄마의 온기도 함께, 느껴졌다.

고마워, 엄마. 포기하고 있었는데 드디어 엄마가 가르쳐 준 말의 의미를 알았어.

도망치려 해서 미안해. 편한 쪽으로 가려 해서 미안해.

그래도 드디어…….

좋아하는 사람이 생겼어. 나보다 나를 더 소중히 여겨 주는 사람을 만났어.

“에이지 선배가 보고 싶어.”

선배에게 품은 연심을 선명하게 자각한다. 고등학생의 사랑 따위, 어차피 찰나의 마음에 지나지 않는다. 그런 식으로 싸늘했던 나를 저주한다.

선배를 향한 마음은, 영원하다고 믿고 싶다.

빠른 걸음으로 집으로 돌아간다. 그런데 운명의 신은, 이 순간에도 나에게 미소를 지어 주었다.

멀리서 손을 흔드는 남자의 모습이 보였다. 아오노 에이지 선배였다. 사랑을 알게 된 나는 그 흔한 우연조차 운명이라고 생각해 버렸다.

“선배!!”

무의식중에 안길 뻔했다. 단순한 우연이다. 하지만 계속 보고 싶었기에, 우연을 운명이라 생각하는 마음에는 거짓말할 수 없었다.

“이치죠, 우연이네! 지금 라면 먹으러 가는 길인데, 같이 갈래?”

다정하게 웃는다. 어제 데이트하며 라면집에 가 본 적이 없다고 한 얘기를 기억해 주었다는 걸 알았다. 계속 가 보고 싶었지만 가 본 적 없는 곳.

이성보다 입이 먼저 움직였다.

“정말요? 꼭 가고 싶어요!”

무엇보다 선배의 다정함이 기뻤다. 보고서를 읽고 나서 느낀 그 메스꺼움은 어느새 날아가 버렸다.

※

사토시가 빌려준 수업 필기를 복사하려고 편의점으로 가고 있었다. 가는 길에, 우연히 이치죠를 만나 라면을 먹으러 가자고 권했다. 이치죠는 아가씨라서, 라면집은 잘 안 가는 모양이다.

우리는 근처에 있는 라면 가게로 향했다. 처음 먹는 사람을 라면 고수용 가게에 데려갈 수는 없다.

라면의 정석이라고 할 수 있는 된장 라면이 맛있는 가게에 들어간다.

"이거는 어떻게 하는 거예요?"

보아하니, 식권을 구매하는 법을 모르나 보다. 식권 판매기 앞에서 당황한 이치죠가 귀여웠다. 가게에서도 이치죠는 이목을 끈다.

내가 잘 리드해야지.

"돈을 넣고, 먹고 싶은 라면 버튼을 누르면 돼. 여기는 양이 많으니까 이치죠는 보통이나 미니를 먹는 게 좋을 것 같아. 메뉴는 채소 된장 탕면을 추천할게. 채소가 듬뿍 들어가 있으니, 면의 양은 적게 하는 게 무난할 거야."

"그렇게 많이 주나요?! 물어보길 잘했네요. 그럼, 그걸로 할게요!"

이치죠가 순순히 미니 사이즈 버튼을 누른다. 우롱차도

주문했다.

"나는 배가 고프니까, 된장 채소 라면에 차슈 추가해야지."

우리는 2인석으로 안내받았다. 이 가게는 주방이 잘 보인다.

복잡한 주문도 없고, 점원도 친절해서 초보자인 이치죠도 안심할 수 있다.

"굉장하네요. 저렇게 큰 냄비를 가볍게 휘두르다니. 저건, 채소볶음인가요?"

"응. 여기는 라면에 올라가는 채소를 제대로 볶아 주거든. 그래서 채소볶음만 먹을 수 있을 정도로 맛있어. 밥이랑 먹으면 밥반찬이야."

"탄수화물에 탄수화물이라 내일이 무섭지만, 맛있어 보이네요."

"그건 알아서 조절해야지, 뭐."

그래도 이치죠가 주문한 건 채소가 많은 메뉴였고, 염분 말고는 생각보다 건강식이라고 생각한다.

"라면 나왔습니다."

점원 아주머니가 라면 두 그릇을 서빙한다.

"감사합니다."

이치죠가 웃으며 인사한다. 이치죠의 미소에 점원도 활짝 웃었다.

"잘 먹겠습니다."

"잘 먹겠습니다."

우리는 김이 모락모락 나는 라면을 먹기 시작했다. 이치죠는 채소량에 조금 놀라는 눈치였지만, 국물을 한 입 마시더니 눈이 휘둥그레져서는 놀라워했다.

"채소의 단맛이 정말 부드럽게 우러났네요. 참기름으로 볶았나? 채소볶음 향이 아주 풍부하고 좋아요."

"맛에 변화를 주고 싶으면, 유자 후추 같은 걸 넣어 봐."

"무조건 잘 어울릴 거예요. 저, 이렇게 제대로 된 라면 먹는 거 처음인데 여태 왜 안 먹었을까 조금 후회돼요."

내가 추천한 메뉴를 맛있게 먹어 준다. 반응도 좋아서 다행이었다.

그것만으로도 행복했다.

이렇게 서로 좋아하는 것을 함께 나눌 수 있다니, 행복하다.

당연한 사실을 새삼 깨닫는다.

이치죠 덕분이야.

이치죠와 만나고부터 나는 계속 행복하다.

그 옥상이 밑바닥인 것만은 아니다. 그 밑바닥에서 만난 이치죠가 소중한 존재가 되면서 내가 잃은 것보다 더 많은 것을 채워 주고 있다.

라면을 다 먹고 나서 바로 가게를 나서야 한다는 게 슬프다.

조금만 더 같이 있고 싶었는데. 아, 물론, 내일도 보겠지만.

"바래다줄게."

이치죠도 조금은 아쉬워하는 표정이었다. 내 제안에 표정이 확 환해진다.

다행이다. 좀 더 같이 있을 수 있어.

"고마워요."

우리는 되도록 천천히 걸었다. 이치죠네 집까지 여기서 걸어서 약 5분 거리.

금방 도착하겠지.

"아."

"앗."

이치죠의 손이 내 손에 살짝 닿았다. 우연이었겠지만, 우리 둘 다 작게 놀랐다. 그리고 얼굴을 마주 본 채 웃었다.

그만큼 우리가 서로를 의식한다는 거겠지. 그렇다면, 지난번 데이트 때는 이치죠가 용기를 내 줬으니까 이번에는 내가…….

각오를 다지고 천천히 이치죠의 손을 감쌌다. 손이 정말 작다. 조심하지 않으면 부러질 만큼. 그리고 살짝, 차다.

이치죠도 부끄러운지 고개를 숙이면서도 내 손을 꼭 쥐어 주었다. 고작 몇 분 동안의 스릴. 그렇지만 우리에게는 영원처럼 느껴질 만큼 긴장됐다.

"기습은 반칙이에요."

약간 토라진 듯 말하면서도 이치죠는 행복하다는 듯 웃고 있다.

"그건, 일요일의 이치죠한테 하고 싶은 말이야."

웬일로 반격이 제대로 먹혔다.

"아이참, 반격도 반칙이에요."

나는 그렇게 말하는 이치죠가 사랑스럽다는 생각이 들었다.

"나, 집에 가면, 인터넷에 소설을 올려 보려고."

오늘 아침, 이치죠가 한 제안. 그때 용기를 얻었다. 그래서 한 발짝 내디디기로 했다.

"잘됐다. 저만 읽기에는 좀 아깝거든요. 분명 인기 많을 거예요."

기뻐하며 환하게 웃는 그녀의 모습을 보니, 안심이 된다. 맞잡은 손에, 더욱 힘이 들어갔다.

"근데 있잖아요, 선배."

"응?"

"이런 말 하면, 착각에 빠져 정신 나간 애처럼 보이겠지만요. 너무, 멀리 가면 안 돼요. 이 손, 계속 잡고 있어 줘요."

살짝 곤란해하는 표정이, 정말이지 아름다웠다.

"응, 계속 잡고 있을게."

그리고, 최고의 순간이 끝을 고한다. 계속 잡고 있겠다고 약속한 손을, 우리는 아쉬워하며 놓았다.

"오늘은 고마웠어요. 그럼, 내일 봐요."

"응, 내일 봐."

굳이 괜한 얘기는 않고, 우리는 손을 흔들며 헤어졌다.

목적을 이루고 집으로 가는 길.

"기뻐해 줘서 다행이야."

안도의 감상을 중얼거리며 걷고 있는데 눈앞에 낯익은 얼굴이 걸어오고 있었다.

잘못 볼 리 없다.

심장이 두방망이질 친다.

만나고 싶지 않았던 여자였다.

"에이지?"

소꿉친구이자 과거의 연인인 아마다 미유키가, 좀비처럼 창백한 얼굴로 나를 불러 세웠다.

다시는 만나고 싶지 않았던 전 여자 친구가 있었다.

※

——미유키 시점——

에이지가 자살하려 했다고?

어째서? 왜 그런 짓을? 왜, 나는 전혀 눈치도 못 챘지?

내가 자행한 행동이 에이지를 그렇게까지 내몬 것을, 어떻게 조금도 몰랐지?

그 충격적인 사실을 듣고, 지금까지 내가 해 온 짓을 되돌아봤다.

에이지 몰래 콘도 선배와 바람을 피운 것.

에이지의 생일날 약속을 갑자기 취소해 버리고, 콘도 선배와 데이트한 것.

모든 걸 들키고, 내 안위와 공포 때문에 에이지를 모함한 것.

그 일로 에이지는 괴롭힘과 따돌림을 당해 자살을 생각할 정도로 내몰리고 말았다.

"나는 최악의 여자야."

드디어 알았다. 아니, 알고 있었으면서 인정하려 하지 않았다.

그렇지만 무서웠단 말이야. 바람피운 걸 들켰을 때, 내가 지금까지 쌓아 올린 모범생이라는 위치나 친구들을 다 잃게 될까 봐…….

하지만 그때의 나는 생각이 얕았다.

어리석게 나를 보호하기에 급급해서는 절대로 버려선 안 될 가장 소중한 것을 잃고 말았으니까.

무의식중에 공원으로 와 버렸다.

에이지랑 자주 놀았던, 동네 공원.

여기서 자주 놀았지. 그네를 타면서, 계속 수다 떨었었어.

옛 추억에 잠기며, 그네에 앉았다.

'그러면 나, 어른이 되면 에이지의 신부가 될래.'

초등학교 1학년 때 나눈 추억의 대화.

'괜찮아. 내가 계속 곁에 있을게.'

아저씨가 갑작스럽게 돌아가셨을 때도, 여기서 에이지를 위로했다. 하지만 나는, 약속을 배신했다. 가장 배신해서는 안 될 약속을 배신한 것이다. 인간으로서, 절대 해서는 안 될 짓을 했다. 그런데도 무서워서 계속 도망만 다녔다. 인정하기가 너무 무서워서.

에이지는, 나랑 한 약속을 계속 지켜 줬는데.

아빠가 돌아가시고 침울해하던 나를 위로해 줬다. 그날 이후로 쭉, 에이지는 나를 지켜주었다. 사귀지 않을 때도, 내가 외로워하지 않도록 여러 가지로 배려해 주었다.

그런 은인에게, 나는 배신으로 갚았구나. 왜 그랬을까.

선배에게 아빠 같은 따뜻함을 바랐던 것 같다. 따뜻한 거로 치면, 에이지도 따뜻했다. 하지만 나는, 에이지의 따뜻함에 익숙해져 있었다.

에이지는, 줄곧 내 곁에 있어 줬는데.

'드디어 고백하는구나. 좋아, 나도 너를 좋아했어.'

고백받았던 날의 기억이 떠올랐다. 가장 소중하게 여겼던 추억들이, 연속해서 순간적으로 되살아났다가 사라진다.

에이지와 함께한 10년이, 내게 그 무엇보다 소중한 시간이었다.

왜, 왜 그동안 이기적으로 굴었을까.

흐려지는 시야로, 앞을 봤다.

「놀이 시설 철거 안내. 새 놀이 시설 설치 작업을 아래 시간에 진행합니다.」

주의 안내 문구가 눈에 들어온다.

아아, 함께 놀던 그네도, 미끄럼틀도, 소중한 추억들도, 사라져 가는구나. 그걸 이해하자, 절로 눈물이 나더니 그칠 수가 없다.

“좋아했는데, 정말 좋아했는데, 진심으로 좋아했는데. 내 잘못으로 모조리 잃었어.”

잔혹한 현실에 마음이 엉망진창이 된다.

나는 울 자격도 없는데. 눈물이 안 멈춰.

그토록 다정했던 에이지를 배신하고 말았다. 지옥에 떨어져야 마땅하다. 나는 행복해질 자격 따위 없다. 그래서, 에이지를 버리고 택했던 콘도 선배에게도 버림받기 직전이다. 엄마도 외면한다.

정말 바보였다.

그 따뜻하고 행복했던 곳으로 이제는 돌아갈 수 없다.

추억의 공원에서 정신없이 울다가 비틀대며 집으로 간다. 아무도 없는 곳으로 돌아갈 수밖에 없다.

사람들 사이로 발견해서는 안 될 사람을 발견했다.

내내 보고 싶었던, 가장 사랑하는 사람.

“에이지?”

나도 모르게 이름을 부르고 말았다.

그럴 자격조차 없으면서.

에이지가 순간 멈칫하더니, 이쪽으로 돌아봤다.

"미유키?"

얼굴이 당혹과 공포의 기색으로 물들어 있었다. 여느 때의 다정한 미소는 없었다.

역시 이제는…….

'에이지는, 소꿉친구였지만…… 끈질기고, 스토커 같은 최악의 폭력 남친이야.'

그날, 바람피운 걸 들키고, 선배에게 동조해 그만 최악의 말을 내뱉었다.

내가 입 밖에 낸 말들이 머릿속에서 수없이 맴돈다. 도저히 용서받을 수 없을 말. 주워 담을 수도 없다. 그뿐만이 아니다. 나는 에이지에게 누명을 씌웠고, 누명은 사실이 아니라고 부정할 기회가 몇 번이고 있었음에도, 끝내 부정하지 않았다.

모범생이라는 내 자리를 지키고 싶었다. 그렇게 경솔한 이유로, 에이지에게 평생 지지 않을 상처를 주었다.

긴 침묵 끝에, 마침내 에이지가 입을 뗐다.

"뭐야? 비웃으러 왔어? 다시는 말 걸지 말라며, 네가 그랬잖아."

평소의 에이지라고는 믿기 힘들 정도로 목소리가 차가웠다.

그 정도의 짓을 저질렀다는 걸, 이제야 실감한다.

그리고 에이지에게 완전히 거절당했다는 사실이 생각보다 내 마음을 무겁게 짓누른다. 각오했는데도, 그 각오는 너무나 쉽게 무너질 만큼 충격받았다.

"아, 아니야. 그런 거 아니야. 조금이라도 좋으니까, 예전처럼 돌아가고 싶어서."

소꿉친구로서의 관계는 완전히 망가졌다. 경계하는 에이지의 목소리가 마음을 찌른다.

나도, 지금 내가 얼마나 뻔뻔한 소리를 하는지 안다. 하지만 잃고 나서야 에이지가 얼마나 소중한 존재였는지를 깨달았다. 선배는 말로는 그럴싸한 소리를 했지만, 나는 그냥 하고 싶을 때 찾는 편리한 상대에 불과했다. 그런 남자에게 속아서, 연인도, 친구도, 가족도 모조리 잃어 가고 있다. 그게, 지금의 나였다. 주변 사람들은 나를 모범생이라 했지만, 실상은 나 자신만 소중할 뿐. 심지어 공부는 잘할지 몰라도, 사람으로서 가장 중요한 걸 깨닫지 못한, 어리석은 인간. 수없이 자기혐오를 반복한다.

그렇지만, 마음 한구석으로 에이지에게 기대하는 내가 있다.

혹시, 에이지라면 용서해 줄지도 몰라. 에이지는, 나를 아직 소중한 소꿉친구라고 생각해 줄지도 몰라.

그런 달콤한 기대는, 에이지의 한마디로 산산이 부서졌다.

"뭔 소리야."

냉담한 말에 짓눌리는 마음으로, 나는 목소리를 떨며 고개를 떨구었다.

짧은 말이었지만, 어떤 긴 형벌보다 내 마음을 갈기갈기

찢는다. 그런데도 나는 매달릴 수밖에 없다. 오열하며, 여전히 기대려 한다. 더는 폭주하는 마음을 이성으로는 막을 수가 없었다.

"미안해. 내가 최악으로 나쁜 짓을 했다는 건 알아. 그래도, 내 마음을 전하고 싶어서……."

내 사과를 듣고, 에이지는 표정을 풀지 않고, 한숨을 쉬었다.

※

예상치 못한 사과에, 식어 버린 내의 마음을 자각했다.

마음속에서 그토록 큰 존재였던 소꿉친구의 자리가, 이제는 어디에도 없다는 걸 깨달았다. 만약 미유키가 사과하면 어떻게 해야 할까. 그런 생각을 안 해 본 건 아니다. 그러나 사과할 가능성은 적다고 생각했고, 용서할 수 없는 마음도 컸다. 거기다 이치죠와 만난 뒤로, 미유키의 존재는 내 마음속에서 점점 작아지고 있었다. 그리고 지금은, 이미 과거의 사람이 되어 가는 중이다. 분노조차도 넘어서 버렸기에, 미유키의 사죄를 무표정하게 들을 수밖에 없었다.

"더, 화가 날 줄 알았는데. 사랑의 반대는 무관심이라더니. 정말이네."

"무슨 소리야, 에이지? 에이지가 용서해 준다면 나, 뭐든지 할게……."

아마, 이건 미유키 나름의 사과일 것이다. 하지만 마음에 와닿지 않는다. 내가 원하는 건, 그런 게 아니다.

나와 미유키는 10년 넘게 함께했지만, 결국 중요한 부분은 서로를 이해하지 못한 거겠지.

용서하고 말고의 문제가 아니다.

단지, 미유키의 사과에 불쾌함을 느끼는 내가 있었다. 더는 미유키를 떠올리는 것조차 싫은 내가 있었다.

"그런 얘기가 아니야. 이 이상, 추억을 더럽히고 싶지 않아. 아무래도, 우리 앞으로 엮이지 않는 편이 낫겠어. 그게 서로를 위한 길이라고 생각해. 더는, 너를 미워하고 싶지 않아."

일부러 더, 확실하게 거절의 말을 전했다. 그게 성실한 대응이라 생각했기에. 나를 배신한 전 여자 친구를 성실하게 대할 필요는 없다고 생각했지만, 그러지 않으면, 나도 저들과 같은 최악의 인간으로 전락할 것 같았다. 그러나 자비를 베풀 필요는 없다. 지금의 나에게 미유키는 그저 불쾌한 존재에 지나지 않으니까.

내 거절을 들은 미유키는 완전히 얼어붙었다.

"어……."

약간의 죄책감을 느끼며, 나는 말을 이었다.

어쩌면, 내가 이렇게까지 말할 줄은 생각 못 했을지도 모른다. 하지만 나를 이렇게 만든 건 미유키가 잔혹하게 배신한 결과다. 그리고 똑바로 전해야 한다고 다짐했다.

그게, 옛 여자에게 다시 시작하자는 말을 들은 남자가 해 줄 수 있는 마지막 성의라고 생각하니까. 나는 이 말을 끝으로, 10년 넘게 함께하며 사귀기까지 했던 최악의 여자와의 관계를 완전히 끊어 내기로 했다. 그렇게 결심했다.

"나, 좋아하는 사람 있어."

짧게 거절의 말을 던지고, 나는 걸음을 옮겼다.

곰곰이 생각해 보니, 배신당한 그 날과 그림이 똑같다.

하지만 나는 폭력을 쓰지도 않았으며 바람을 피운 것도 아니다. 먼저 관계를 망친 건 미유키다.

그러니까 이렇게까지 했으면 충분해.

이 이상은 필요 없어.

"싫어, 싫어. 에이지, 에이지……!"

미유키는 절규했지만, 그 말에 대꾸해 줄 이유 따위 없다. 나는 돌아보지 않고 앞으로 걸었다.

※

──이치죠 아이 시점──

난생처음 라면 가게에서 라면을 먹었다.

물론, 라면을 먹어 본 적이 없지는 않다. 아빠 곁을 떠나 혼자 살기 시작하면서 전부터 먹어 보고 싶었던 즉석식품은 조금씩은 먹어 봤다.

인스턴트 라면이나 컵라면은 맛있었다. 하지만 금세 질려서 오래도록 교육받은 균형 잡힌 식생활로 돌아왔다. 원래 요리하는 걸 그럭저럭 좋아했고, 가사도우미 아주머니에게 배우면서 저녁을 차리는 것도 즐거웠으니까.

그래도 언젠가는 라면집에서 먹어 보고 싶다고 생각했다. 그렇지만 역시, 여자 혼자서 가기에는 조금 부담된다.

그런 이유도 있어, 선배에게 아무 생각 없이 말한 걸 기억해 줬다는 게 정말 기뻤다. 특히 주말에는 도우미 아주머니도 쉬기 때문에, 저녁을 쓸쓸하게 보내지 않아도 돼서 고마웠다.

무심결에 한 말도 기억하고 있다가, 같이 먹으러 가자고 했다. 좋아하는 사람이 다정하게 대해 주는 게 행복하지 않을 여자는 없다.

정말로 저녁만 먹고 헤어졌지만, 같이 있는 시간 동안 즐거웠다. 그것만으로도 조금 전에 보고서를 읽고 우울해진 기분이 떨쳐졌다.

"참. 차가 떨어졌지."

공부하면서 항상 마시는 홍차가 떨어졌다는 걸 알았다.

홍차를 안 마시면 공부 효율이 떨어지므로 근처 슈퍼에 가서 사 오려고 현관을 나섰다.

아직 선배가 근처에 있을지도 모른다. 헤어진 지 얼마

안 됐는데 또다시 선배의 존재를 찾게 된다.

정말, 중증이다. 중증이어도, 선배를 찾고 있는 내 마음은 내내 두근거렸다.

조금 걷자, 에이지 선배의 뒷모습이 보였다. 어쩌면 슈퍼에 같이 가 줄지도 모른다.

페일 수도 있지만, 그래도 용기 내서 권해 볼까.

"에이지 선……."

선배를 부르려던 그때, 사람 그림자 하나가 더 눈에 들어왔다.

아마다 미유키 선배다.

"왜……."

설마, 기다린 거야? 아니면, 미행?

들떴던 기분이 한순간에 차갑게 식는다.

아직, 안 돼. 상처받고 이제야 겨우 웃음을 되찾은 에이지 선배가, 아마다 선배와 다시 접촉하기에는 너무 일러.

10년 넘게 곁에 있었던 소꿉친구에게 배신당한 지 얼마 안 됐단 말이야. 아무렇지도 않은 척해도, 단시간에는…….

거기다 아까 나눈 대화로 아마다 선배는 아직 선배에게 미련이 있다는 게 명백했다. 선배의 다정함을 이용해 다시 사귀자고 나올 가능성도…….

그러다 나는, 내가 무엇을 초조해하지도 깨달았다.

선배를, 나 아닌 다른 사람에게 뺏길지도 모른다는 가능성을 자각한 것이다.

아오노 에이지라는 남자가 나를 선택하지 않으면 어떡하지.

그런 불안이 마음속에서 날뛰고 있었다. 애초에 우리는 서로에게 독점욕을 드러내도 되는 사이조차 아니다.

그게 무서워져서, 이러면 안 되는 걸 알면서도 둘의 대화가 간신히 들리는 그림자에 숨어 상황을 엿보기로 했다.

"아, 아니야. 그런 거 아니야. 조금이라도 좋으니까, 예전처럼 돌아가고 싶어서."

"뭔 소리야."

"미안해. 내가 최악으로 나쁜 짓을 했다는 건 알아. 그래도, 내 마음을 전하고 싶어서……."

처음 들린 말은 아마다 선배의 변명이었다. 순간, 무슨 그런 이기적인 소리를 하냐며 화를 낼 뻔했다. 아마다 선배는 그런 말을 할 처지도 아니거니와 자격도 없는 사람인데.

반면, 선배는 순간 굳어서는, 무표정하게 대답했다.

"더, 화가 날 줄 알았는데. 사랑의 반대는 무관심이라더니. 정말이네."

"무슨 소리야, 에이지? 에이지가 용서해 준다면 나, 뭐든지 할게……."

사랑의 반대는 무관심. 좋아하는 사람에게 그런 말을 들으면 충격받지 않을 사람은 없으리라. 무자비한 거절. 그러나 선배의 말에, 아마다 선배는 답을 명백히 잘못 골랐다.

언제나 상냥한 선배가 선배의 대답을 듣고, 실망한 기색이 역력해졌다.

당연하다. 선배가 듣고 싶은 말은 그게 아니었으니까.

생리적으로 거부감을 느끼고 있다고 표현해도 과언이 아닐 만큼, 한마디 한마디가 냉담하다.

"그런 얘기가 아니야. 이 이상, 추억을 더럽히고 싶지 않아. 아무래도, 우리 앞으로 엮이지 않는 편이 낫겠어. 그게 서로를 위한 길이라고 생각해. 더는, 너를 미워하고 싶지 않아."

정말 상냥한 사람이다. 그런 짓을 당했으면서도 과거의 인연과의 소중한 추억을 부정하지 않는다니.

만약 나였다면, 전 연인에게 원망하는 말을 쏟아부었을 것이다. 하지만 선배는 그러지 않으려 필사적으로 자신을 억누르고 있다. 그만큼, 그녀를 소중하게 생각했음을 알 수 있었다.

그리고 마지막으로, 확실하게 쐐기를 박아 거절한다. 다정한 선배가, 사람을 상처 입히기를 주저하지 않는다. 그만큼, 그녀에게 실망이 크기 때문이다.

"나, 좋아하는 사람 있어."

그 말을 듣는 순간, 심장이 요동쳤다.

자의식 과잉일지도 모른다. 좋아한다는 사람이 나라면 얼마나 행복할까.

"이치죠 아이야?"

아마다 선배는 몇 번이나 싫다는 말을 중얼거리다가, 갑자기 내 이름을 꺼냈다. 듣지 말아야 할 말을 들을지도 모른다.

자리를 뜨려던 선배는 뒤도 돌아보지도 않고 대답했다.

"당사자보다 너에게 먼저 말하는 건 아니라고 봐. 그러니까 대답 못 해."

선배는 주저앉아 우는 아마다 선배를 내버려 두고 자리를 떴다.

※

미유키와 끝내고, 나는 앞으로 나아간다. 생각보다, 마음의 상처는 없었다. 물론 전혀 없지는 않지만, 내 예상보다는 훨씬 상처가 옅었다.

뭐, 10년이 넘게 이어진 인연이었으니까. 추억도 많다. 하지만 이제는 추억이 되어 과거의 일이 되었다.

이번 일로 나는 잃은 것보다 훨씬 더 멋진 것들을 발견했다.

자기에게 불이익이 갈 수도 있는데도 나를 도와준 천사 같은 후배.

나를 위해 진심을 보여 준 친구.

내가 어떤 나이든 사랑해 주는 엄마와 형.

아빠의 뜻을 이어 나가고 계시는 미나미 아저씨.

그리고 바쁜 시간을 쪼개어 최대한 내가 불이익을 받지

않게 움직여 주시는 선생님들.

소중했던 미유키라는 존재를 잃었어도 소중한 것들이 이렇게나 많이 남았으니 그렇겠지.

그래서 신기하게도 상실감은 느껴지지 않았다.

"버팀목이 되어 준 사람들을 위해서라도, 꼭 행복해져야지."

그렇게 마음먹고 집으로 가는데, 뒤에서 이름을 부르는 소리가 들린 듯했다.

"선배!"

뒤돌아보니, 방금 헤어진 이치죠가 웃으며 서 있었다.

"무슨 일이야?"

꿈이라도 꾸는 기분이다. 지금, 가장 보고 싶은 사람이 여기에 있었다.

"실은, 깜빡하고 차를 못 사서요. 그래서 근처 슈퍼에 사러 나왔는데, 선배가 있길래 불렀어요."

왠지, 조금 수줍어하는 듯이 보였다. 얼굴도 발그스름하다.

"그랬구나. 늦었으니까 혼자 다니면 위험해. 같이 가자."

"감사해요. 번거로울 텐데 괜찮아요?"

"응, 오늘은 좀 더 같이 있고 싶은 기분이라."

나도 모르게 그만 실언했음을 깨닫는다.

왜, 아예 고백을 하지 그랬냐.

이치죠가 쑥스러워하며 웃는다.

"고마워요. 선배는 정말 다정하네요."

"뭐, 여자잖아. 그리고…… 아니, 아무것도 아냐."

너는 누가 봐도 예쁘니까 걱정된단 말이야.

대놓고 말은 못 하겠지만.

"후후, 걱정해 주는 거예요? 고맙습니다. 그럼, 오늘만 응석 부려 볼까요."

천진난만하게 웃는 이치죠는 평소보다 더 눈이 부셨다.

"왠지, 기쁘다."

"응? 뭐가요?"

"그냥, 나한테 이렇게 편하게 응석 부려 주는 게 기쁘다고 할까. 이치죠는 따지자면, 학교에서는 누군가를 의지하기보다는 누군가가 의지하는 경우가 많잖아."

평상시와는 다른 면모를 보여 준다는 게 기쁘다.

뭔가, 특별한 관계가 된 것 같아서.

"이런 모습은, 선배한테만 보여 주는 거라고요. 특별하니까……."

살짝 장난기 어린 말투에, 난 평소보다 활짝 웃으며 대답한다.

"그런 거면 기쁜걸. 내가 특별해져서 이렇게 응석도 부릴 만큼 나를 의지한다는 거잖아."

일부러 더 농담하듯 대답하니, 이치죠가 갑자기 얼굴을 새빨개져서는 깊은숨을 들이마셨다 내쉬며 진정하려 한다.

이런 표정도 짓는구나, 이치죠는.

“매번 그렇게 성실하게 대꾸하더라. 선배 바보.”

귀엽게 바보라고 하는 이치죠를 보며 내가 지금 얼마나 행복한지 실감한다.

“그럼, 갈까?”

“네. 잘 부탁드려요.”

우리는 과거와 결별하듯 걷기 시작했다. 이번에는 이치죠가 먼저, 손을 잡아 주었다.

※

——이치죠 아이 시점——

우리는 걷기 시작했다.

지금 이 발길이 과거와의 결별을 의미한다는 걸, 서로 이해하며.

벌써 몇 번이나 무의식적으로 고백하는 것 같은 말을 들었다. 선배는 내 눈을 똑바로 보고 거짓 없는 말을 건넨다.

지금까지 고백한 남자들은, 나를 자기만의 말로 표현해 주지 않았다. 그저 외모가 예쁘다든지, 인기가 많다든지, 다른 사람의 말로만 나를 이야기했다.

그래서, 혼자 살겠다고 생각했었다.

그래서, 이렇게 내 눈높이에 맞춰 서서 함께 걸어 줄 사람이 있을 줄은 몰랐다.

조금 전도 마찬가지다.

내 응석을 알아주고 온전히 감싸 안아 주었다.

나는 원래 이토록 다정한 사람 옆에 있을 수 없는 사람인데. 우연이 겹치는 바람에…….

그가 나를 행복하게 해 주는 것처럼, 나도 그를 행복하게 해 주고 싶다.

"나를 선택하길 잘했다고 그렇게 생각할 수 있게……."

※

나는 집에 와서 아무 생각 없이 가입만 해 두었던 웹소설 사이트를 켰다. 관심은 있어서 가입만 하고 한 번도 접속하지 않은 대형 사이트다.

어제 이치죠가 해 준 말을 떠올린다. 나한테 재능이 있는지는 모르겠지만, 문예부라는 머물 곳이 사라진 내게는 이곳이 유일하게 창작할 수 있는 장소가 되었다.

충격 때문에 쓰지 못하고 있었지만, 이치죠 덕분에 조금씩 의욕을 되찾는 중이다. 문예부 간행물에 실으려고 쓴 원고 데이터를 복사해서 업로드 양식에 붙여넣는다.

필요한 사항들을 입력한 후, 이제까지는 용기가 없어서 누르지 못했던 업로드 버튼을 클릭했다. 평소에는 이쯤에서 불안에 짓눌려 포기했다. 불특정 다수가 내 소설을 읽는 건 역시 긴장된다.

인터넷 소설에 흥미가 없었다고 하면 거짓말이다. 그렇지만 이름도, 얼굴도 모르는 수많은 사람이 보는 사이트에 소설을 올리는 건 용기가 필요한 일이라 선뜻 올릴 수 없었다.

혹평을 듣지는 않을까 덜덜 떨며 누르지 못한 버튼이 오늘은 꽤 가벼이 눌렸다.

"뭐, 학교에서만큼 욕먹을 일은 없겠지."

내가 생각해도 강해졌다. 그 경험이 이상한 방향으로 배짱을 키워 줬다.

의미도 없이 새로고침 버튼을 누른다. 몇 분 후, 조회 수가 조금 늘었다.

"어, 열 명이나 봐 줬어."

아직 댓글은 안 달렸지만, 누군가 읽어 줬다는 것만으로도 왠지 행복한 기분이다.

똑똑. 방문을 노크하는 소리가 들렸다.

"에이지, 잠깐 들어가도 되니?"

엄마 목소리다.

"응, 들어와."

내가 대답하자, 엄마가 평소보다도 부드럽게 미소 지으며 방으로 들어온다.

"실은 말이지. 어제, 타카야나기 선생님과 경찰서에 다녀왔어."

"어, 경찰?"

조금 놀란다. 그러다 이내 선생님과 같이 갔다고 해서 느낌이 왔다.

"그래, 네가 맞은 일 말이야. 우연히 그 현장을 촬영한 사람이 있었나 보더라. 선생님이 알아봐 주셨어. 그래서 확인하고 왔어. 엄마가 몰라 줘서 미안해. 많이 아팠지?"

역시 맞구나. 엄마가 나를 다정하게 안아 준다.

그래, 나에게는 이치죠 말고도 나를 이해해 주는 가족이 있어. 그러니까 더 이상 혼자가 아니야. 옥상으로 올라가기 전에 누군가에게 털어놓고 의논할걸. 의논도 안 했고, 만약 이치죠와 만나지도 못했다면, 모두를 슬프게 만들 뻔했다. 정말 바보구나, 나.

"이제 괜찮아. 곁에 있어 준 사람이 많아서."

"그래. 우리 가족 주변에는 정말 좋은 사람들이 많더라. 돌아가신 아빠도 우리를 지켜봐 주고 있을 거야. 피해 신고도 했어. 3학년 콘도라는 학생 앞으로."

엄마의 말에 마음속에서 안도와 불안의 상반된 감정이 소용돌이친다.

"그렇구나."

그때의 영상이 경찰에게 있다면, 빠져나가지 못하겠지. 콘도는 틀림없이 파멸한다. 혹시 보복당하지는 않을지 두렵기도 하지만, 다들 곁에 있으니 괜찮다며 나를 다독였다.

"그리고 대단하더라, 에이지. 어제 아이랑 같이 쓰러진 할아버지를 도와드렸다며? 이건 경찰이 알려 줬단다. 엄마는 깜짝 놀랐어. 정말 장해. 자랑스러운 우리 아들."

그 말을 듣고 감정이 북받쳐 올랐다. 갓난아기처럼 엉엉 울음을 터트릴 것만 같다.

"어떻게……."

내 마음을 알았나 보다. 굳이 말로 하지 않아도 엄마가 헤아려 줬다.

"경찰 쪽에서 알아봤대. 맞던 너와 어제의 네가 동일 인물 같다고. 소방서에서도 너랑 아이에게 표창하겠다고 했어. 내일, 담당자가 학교로 방문하겠대."

"쓰러졌던 할아버지는 어떻게 됐어?"

나도 모르게 초등학생 같은 말투가 튀어나왔다.

"걱정하지 말렴, 괜찮으시대. 너희가 빠르게 처치한 덕분에 생명에는 지장이 없다고 하더라. 그리고 고맙다는 인사를 꼭 하고 싶으시다나 봐……."

"그렇구나, 다행이다."

그 일이 계속 마음에 걸렸다. 인터넷과 SNS로 수차례 찾아봤지만, 정보가 나오지 않았다.

"정말 대단한 일을 했어. 아빠도 분명 기뻐하실걸. 엄마가 아빠 몫까지 우리 아들을 지켜줄게."

"응……."

지금까지는 너무 위대한 존재라 동경만 하던 아빠에게,

조금은 가까이 간 것 같아 가슴이 뜨거워졌다.

이루 말할 수 없는 안도감에 안겨, 아이처럼 기대었다.

그리고 다음 날.

소식이 퍼지자, 학교의 분위기가 확 달라졌다.

그와 동시에, 일주일간 공수가 전환된 것처럼, 그 녀석이 점점 궁지로 몰렸다.

콘도는, 그날부터 자신이 파멸로 가는 길을 걷고 있었다는 걸 깨닫게 되었다.

제 6 장

벗겨지는, 누명

──9월 10일 미유키 시점──

꿈을 꾼다.

에이지와 내가 학교 옥상에 있는 꿈.

몇 번이나 에이지에게 말을 걸었지만, 에이지는 내가 보이지 않는지 무시하고 천천히 옥상 난간 너머로 몸을 기울였다.

"그러지 마, 에이지. 미안해. 사과할 테니까, 그런 짓은 하지 마. 죽어야 하는 건 네가 아니야. 나야. 싫어, 싫어, 너를 잃고 싶지 않아. 나쁜 건 난데 왜 너를 탓하며 자책하는 거야. 제발 나를 혼자 두고 가지 마. 네가 죽으면, 나는 정말로 혼자야."

내 비명이 에이지에게 닿지 않는다.

그리고 창백한 얼굴을 에이지가 나를 수십 초 동안 노려보다가 그다음 순간에 허공으로 몸을 던졌다. 절망에 젖은 얼굴로 이렇게 호소한다.

'너 때문에 죽는 거야.'

둔탁한 소리가 났다. 운동장이 새빨갛게 물든다.

내 안에서 무언가가 부서지는 소리가 들렸다.

"꿈 맞지?"

식은땀에 흠뻑 젖어서 눈을 떴다. 무거운 몸을 이끌고 학교로 향한다. 식욕이 없다.

에이지가 정말 죽었을지도 몰라. 그 죄가 무거워 내가 어떻게 될지도 몰라. 그게 너무 무서워.

학교에 도착해서도 누구와도 말하지 않고, 얼빠진 눈으로 1교시가 시작되기를 기다린다.

차라리 이대로 빈혈로 쓰러지면 얼마나 편할까. 죽고 싶다.

"얘들아, 주목. 긴급 전교 조회가 결정됐어. 체육관으로 모이도록."

타카야나기 선생님의 말을 듣고 좀비처럼 체육관으로 간다. 주변에서 너무 무리하지 말라고 한다.

나는 그런 다정한 말을 들을 자격조차 없는데.

오히려 누가 좀 비난해 줬으면 했다.

에이지가 화내고, 욕을 퍼붓고, 뺨이라도 때렸으면 좀 편해졌을 텐데. 하지만 에이지는 '사랑의 반대는 무관심'이라는 말과 함께 그걸 행동으로 보여 줬다. 이제 같이 있을 수 없게 되었다. 에이지는 최악인 나를 앞에 두고도 최소한의 배려를 하고는, 차갑게 나를 잘라 냈다.

어쩔 수 없는 일이라고 머리로는 이해해도 너무 충격적이다.

눈물이 울컥울컥 올라오는 걸 참으면서, 전교 조회를 들으러 갔다.

곧 조회가 시작된다. 단상에 오른 교장 선생님이 단도직입적으로 말을 꺼냈다.

"오늘 학생 여러분을 소집한 이유는 두 가지 소식을 전하기 위해서입니다."

교장 선생님은 평소와 달리 진지한 표정으로 그렇게 말했다.

평소 같으면 연설이 장황할 텐데, 오늘은 요점만 간단히 말한다. 그만큼 긴박한 사안이란 뜻인가.

"좋은 이야기와 나쁜 이야기, 두 가지가 있습니다. 우선, 나쁜 이야기부터 하지요. 경찰서에서 연락이 왔습니다. 여름 방학 중에 옆 도시에서 발생한 폭행 사건에 우리 학교 학생이 관여했을 가능성이 높다는 내용이었습니다. 경찰에서도 아직은 해당 학생이 정말로 우리 학교의 누구인지는 특정하지 못했다고 하는군요. 그러나 만에 하나 우리 학교 학생이 잘못을 저질렀다면, 학교는 교육 기관으로써 바로잡을 의무가 있습니다. 이 자리에서 무언가를 밝히라는 얘기는 아닙니다. 혹시 짐작 가는 것이 있거나, 뭔가 알고 있는 학생이 있다면 오늘 정오까지 담임 선생님께 자진 신고해 주세요. 거짓말해서는 안 됩니다. 조사하면 다 드러납니다. 그리고 미리 말해 두겠습니다. 이건 마지막 통보입니다."

교장 선생님의 말을 듣자마자, 심장이 조여 온다.

분명 콘도 선배와 에이지의 일을 말하는 거다. 끝내, 뭔가 알아냈는지 모른다. 학교는 이미 움직이고 있었다. 경찰이라고? 그럼, 우리 또 잡혀가는 거야……?

주변도 심상치 않은 분위기에 술렁이기 시작한다.

"야, 이거 SNS에서 떠돌던 아오노 에이지 사건 아니야?"

"아마다한테 폭력을 썼다는 그 소문?"

"와, 결국 경찰까지 개입하는 건가."

아니야, 그게 아니야. 잘못한 건 우리야. 전부 다, 새빨간 거짓말인데.

하지만 한심하기 짝이 없는 나는, 소문을 부정하지 못한다. 부정해야 한다고 생각은 하는데도 다리가 떨린다.

그렇게 그대로 죄책감에 무너져 내리려는 그때, 교장 선생님이 어조를 밝게 바꾸어 말을 이었다.

"다음으로 좋은 소식도 전하겠습니다. 그저께 월요일, 2학년 아오노 에이지 학생과 1학년 이치죠 아이 학생이 길에 쓰러진 남성을 구조했습니다. 쓰러진 남성은 두 사람의 신속한 조치 덕분에 병원으로 이송되었고, 생명에는 지장이 없다고 합니다. 조만간 소방서에서 두 학생에게 표창을 수여할 예정이라는군요. 저는 우리 학교 학생이 이처럼 훌륭한 행동을 했다는 사실을 교장으로서 매우 자랑스럽게 여깁니다. 여러분도 두 사람을 본받아서 우리 학교 학생으로서 주변에 모범이 되도록 행동해 주시기를 바랍니다. 자, 두 학생에게 큰 박수를 보내 주세요.”

교장 선생님의 말에 체육관이 소란스러워졌다.

“엥? 아오노 에이지가 사람을 구했어? 폭력을 쓴 게 아니라?”

“방금 한 얘기 다음에 굳이 아오노를 칭찬할 얘기를 꺼낸다고? 그렇다는 건, 혹시 그 소문, 헛소문인 거 아니야……?”

“그러게. 애초에 경찰까지 나서는 사건을 일으킨 애를 소방서가 표창한다는 게 말이 안 돼.”

“그러면 누군가가 거짓말을 했다는 얘기인가?!”

온몸의 털이 곤두서는 공포가 나를 휩싼다. 우리들의 거짓말이 조금씩 무너지고 있다. 이대로 가다가는 우리는 파멸하게 될 거다.

제대로 먹은 게 없어서 눈앞이 흐려진 나는 그대로 체육관 바닥에 쓰러졌다.

※

──콘도 시점──

아아, 귀찮아 죽겠네. 아침 댓바람부터 뭔 전교 조회야.

뭐야, 무슨 문제라도 생겼나?

설마 그날 호텔 간 게 들켰나? 에이, 그럴 리 없어. 아버지가 절대 알려질 일 없다고 했는걸.

괜찮아. 내 기우일 뿐이야.

그렇게 나를 위안하는데 교장의 연설이 시작되었다.

"좋은 이야기와 나쁜 이야기, 두 가지가 있습니다. 우선, 나쁜 이야기부터 하지요. 경찰서에서 연락이 왔습니다. 여름 방학 중에 옆 도시에서 발생한 폭행 사건에 우리 학교 학생이 관여했을 가능성이 높다는 내용이었습니다. 경찰에서도 아직은 해당 학생이 정말로 우리 학교의 누구인지는 특정하지 못했다고 하는군요. 그러나 만에 하나 우리 학교 학생이 잘못을 저질렀다면, 학교는 교육 기관으로써 바로잡을 의무가 있습니다. 이 자리에서 무언가를 밝히라는 얘기는 아닙니다. 혹시 짐작 가는 것이 있거나, 뭔가 알고 있는 학생이 있다면 오늘 정오까지 담임 선생님께 자진 신고해 주세요. 거짓말해서는 안 됩니다. 조사하면 다 드러납니다. 그리고 미리 말해 두겠습니다. 이건 마지막 통보입니다."

아앙? 뭔 소리야.

교장의 시선이 이쪽을 향하는 것 같아 기분이 나빠진다.

아니야, 내 얘기가 아니야. 나랑은 상관없는 얘기야. 그냥 겁주려는 게 분명해.

누가 아오노 사건 얘기가 아니냐고 말했다.

그래, 이건 아오노 얘기야. 미유키한테 폭력을 썼으니까, 그 얘기겠지.

믿고 싶지 않다. 나는 왕이다. 그러니까, 무슨 짓을 해도 돼.

애초에 그곳에는 CCTV도 없었잖아. 근처에 경찰도 없었던 데다 누가 신고했더라도 우리는 곧장 자리를 떴으니까, 증거가 남아 있을 리 없어.

교장이 이어서 말했다.

아오노와 이치죠 아이가 사람을 구해서, 소방서에서 표창을 받는다고…….

그 순간, 나는 내가 함정에 빠졌다는 걸 알았다.

타카야나기의 그 시큰둥한 태도, 건성건성 한 조사는 전부 연기였다. 우리를 방심하게 하려는…….

그리고 모든 증거를 모으고 나서 나한테 마지막 통보를 고한 거로군. 도망치거나 증거를 없앨 여유조차 주지 않으려고.

어떻게 알았냐고? 나쁜 이야기를 꺼낸 다음에 바로 아오노의 표창 소식을 덧붙였으니까.

이러면 학생들의 인식을 자연스럽게 유도할 수 있다.

소문 소동으로, 아오노 에이지는 폭력적인 남자라는 인식이 퍼진 상태다. 그래서 학생 대부분은 폭력 사건 얘기를 들으면 자연스럽게 아오노의 얼굴을 떠올릴 터다. 그렇지

만 그 직후에 그 녀석이 표창을 받는다거나 사람을 구했다
는 좋은 이야기를 하면, 소문의 신빙성은 크게 흔들린다.

이건 연출이다. 내가 퍼트린 소문을 불식시키기 위한.
학교가 무언가 비장의 수를 쥐고 있다는 뜻이다. 이래서는
함부로 움직일 수 없다.

근처에 있는 그 여자에게 도움을 청한다. 그런데 그 여
자는 나를 보더니, 씩 웃으며 '끝·났·네'라고 나지막이
말하고는, 내 쪽을 보지 않았다. 완전히 내쳐졌다.

"저게. 우습게 보고 있어."

저 여자가 도움이 안 된다면 어떻게 해야 하지. 이렇게
된 이상, 아버지에게 연락해서 학교로 압력을 넣는 수밖에
는……. 아버지는 여러 유력 인사들과 친분이 있다.

그때 생각났다.

휴대폰을 어제 내가 스스로 박살 냈다는 것을. 휴대폰이
없으니 전화를 할 수가 없다…….

"젠장."

작게 욕설을 내뱉었지만, 누구에게도 닿지 않는다.

여자의 비명이 들렸다. 선생님을 부르는 소리가 들렸다.

누가 빈혈로 쓰러졌나 보네. 학생들이 혼란에 빠져, 대
열이 흐트러졌다.

기회다.

나는 혼란을 틈타 체육관 출구로 달렸다. 이대로 학교를
빠져나가, 아버지에게 연락해 도움을 청해야 한다.

체포라도 당하면, 나는 끝이다. 축구 선수의 꿈도, 여자도 전부 물거품이다. 그렇게 되면, 내가 더는 내가 아니게 된다.

빨리, 빨리, 빨리.

나는 혼자 학교를 도망쳐 나왔다.

※

──보건실, 타카야나기 시점──

콘도가 허겁지겁 체육관을 빠져나가는 모습을 곁눈질로 보고 있었다.

"멍청하기는. 이렇게 도망치면, 자백한 거나 다름없잖아. 저 녀석이라면, 이것도 이용하려 들겠지. 아오노가 폭력 사건을 일으키지 않았다는 사실이 드러난 데다, 아마다와 관계가 급속도로 가까워진 콘도. 그리고 오늘 조회 시간에 도망치는 부자연스러움. 소문 같은 건 금방 퍼진단다. 뭐, 그건 네가 가장 잘 알겠지만."

형편없는 녀석에게 진절머리를 치면서, 나는 쓰러진 아마다 미유키를 위해 대기 장소를 벗어났다. 보건실로 가니, 아마다는 자는 듯했다.

2교시 수업이 없어서 나는 아마다가 눈을 뜰 때까지 미츠이 선생님과 함께 보건실에서 기다리기로 했다.

안색이 많이 안 좋아. 식사도 제대로 못 하고 잠도 거의 못 잤나 보네.

아마도 죄책감 때문이겠지.

아마다와 아오노는 1학기까지는 정말로 사이가 좋았다. 그랬던 둘이 이렇게까지 틀어진 건, 두 사람을 지켜본 사람으로서 정말 슬펐다.

"여기는……."

10분쯤 지나, 아마다가 눈을 떴다.

아직 상태가 안 좋아 보인다.

"보건실이야. 전교 조회 도중에 쓰러졌어. 괜찮아? 몸은 좀 어때?"

내 말을 제대로 이해하지 못하고 안색이 더욱 창백해진다.

"에이지는? 에이지를 막아야 해. 죽을 거야. 나 때문에."

착란을 일으켜 혼란스러워하며 침대에서 뛰쳐나가려는 아마다의 몸이 휘청거렸다. 나는 미츠이 선생님과 함께 황급히 다시 침대에 눕혔다.

"진정해. 아오노는 지금 교장 선생님과 같이 있어."

그렇게 말하자, 뭐가 뭔지 전혀 모르는 얼굴로, 울음을 터트렸다.

정서적으로 너무 불안정해서 위험해. 무리해서 정보를 캐내기는 어려울지도 몰라.

"그래. 그렇구나. 그렇구나. 꿈이었구나."

마치 고장 난 장난감처럼 말하는 아마다가 안쓰러웠다.

"괜찮아?"

"네……."

아마다는 내 얼굴을 보고 동요했다.

무언가 각오한 듯한 몸짓으로 고개를 떨구고, 작게 중얼대며 떠듬떠듬 말한다.

"아마다. 지금 이런 얘기를 꺼내는 게 맞는지는 모르겠지만, 나한테 해야 할 말이 있지 않아?"

조금 전에 최후통첩의 뜻을 전했다.

그 타이밍에 쓰러졌다는 것은 한계에 도달했다는 의미겠지.

"있, 어요."

무너져 내리듯, 아마다는 띄엄띄엄 말을 이었다.

"제가, 콘도 선배와 바람을 피웠어요……. 에이지를 배신, 했어요. 에이지에게 들켰을 때, 모든 걸 잃을 것 같아 무서운 마음에, 선배가 시키는 대로……, 에이지가 저에게 폭력을 썼다고 거짓말하는 데 동조……했어요. 에이지는 제 어깨를 만졌을 뿐인데. 그리고, 에이지를 고립시키고 자살 직전까지 몰아붙였어요. 전부, 전부 다 제 잘못이에요."

아오노가 자살을 하려 했다니. 충격적인 고백에 말문이 막혔다.

거기다 아마다 정도의 모범생이 교사에게까지 거짓말하

며 자기를 감싸기 급급했다는 사실에 실망도 했다.

아니, 어쩌면 나 혼자만의 생각일지도 모른다. 물론, 아마다가 거짓말한다는 건 알고 있었다. 그런데 실제로 본인 입으로 자백을 듣는 것은 충격이 컸다.

"그랬구나……. 역시, 면담 때도 거짓말한 거였구나?"

"네……."

아마다가 천천히 고개를 끄덕인다.

"아마다. 어째서 그런 짓을 했어……. 괴롭힘당하던 아오노가 죽기라도 했으면 정말로 돌이킬 수 없었을 거야. 그럴 가능성도 분명히 있었어. 아니, 지금 상황만 해도 이미 돌이킬 수 없어. 설령 네가 죄를 인정하고 사과한다고 해도 그걸 믿지 않는 사람도 있을 거다. 훼손된 아오노의 평판은 쉽게 사라지지 않아. 까딱하면 평생 짊어지고 살아야 할 상처가 돼. 너는 가벼운 마음으로 그랬는지 몰라. 하지만 말이다, 그건 사람이 절대로 해서는 안 되는 일 중 하나야."

더는 옹호할 수 없다.

"이번 일로 여러모로 조사했어. 무고죄는 명명백백 범죄야. 만약 학교가 너희 말을 믿었다면, 아오노는 퇴학을 당했을 수도 있어. 알지?"

나도 법률 전문가는 아니다. 그래도 몇몇 사례나 뉴스를 알아봤다. 예를 들어, 연예인의 가짜 뉴스를 퍼트리고 비방을 한 사람이 명예 훼손 등의 혐의로 경찰에 체포된 적

이 있다. 아마다도 그럴 가능성이 높다.

"알아요."

"이런 짓을 하면 최악의 경우, 경찰에 체포될 수도 있어. 도대체 어째서, 인생을 망치는 선택을 한 거니……."

제자를 구해 주지 못한 후회와 배신당한 분노. 그것들이 아마다에게로 향한다.

내가 해 줄 수 있는 게, 더는 별로 없다.

"저는, 앞으로 어떻게 되나요……."

나직한 목소리로 묻는다.

범죄를 저지른 사실이 명확하다면, 정학이나 퇴학의 중징계를 받을 것이다. 게다가 무고한 아오노의 명예를 실추시키고, 괴롭히며 따돌리기까지 했다.

"징계 처분 수위가 상당히 높을 거다."

그 말밖에 할 게 없다. 설령 이대로 학교에 남아도 아마다는 괴로울 것이다. 왜냐하면, 반 애들에게 비난을 받을 테니까. 왜 우리를 속였느냐고.

악질적인 폭언을 퍼붓거나 괴롭힘을 조장한 학생들은 주모자만큼은 아니어도 그에 상응하는 처벌을 내릴 방침으로 움직이고 있다. 아오노에게 인터넷 로그는 가능한 한 저장하도록 했으니까.

처벌을 받은 학생은 대학교 추천 입학의 기회를 잃게 될 것이다. 소문에 휘둘려 아오노에게 실질적으로 위해를 가한 학생들은 최악의 경우, 퇴학당할 거다.

가장 큰 피해자인 아오노에게는, 평생 지워지지 않을 마음의 상처를 남기고 말았다.

그런 짓을 해 놓고 용서를 받을 수 있을 리가 없다. 콘도와 아마다, 두 사람은 많은 이의 인생을 일그러트렸다.

"안 돼애애애애애애애애애애!"

단말마의 처절한 비명이 들린다.

이 뒤는 미츠이 선생님께 맡길 수밖에.

나는 보건실을 나서며 복도로 나왔다.

※

──한 여학생의 시점──

교장 선생님의 연설과 콘도가 허겁지겁 도망치는 모습을 보고, 속으로 흐뭇하게 웃는다.

'일이 재미있어지네.'

그렇구나. 콘도, 들켜 버렸구나. 가여워라.

하지만 너를 위해서 내가 움직이면 나까지 파멸할지도 모르잖아.

"너는 여기까지인가 봐. 바이, 바이, 콘도."

콘도와 연락하려고 만든 SNS 계정을 지운다. 물론 메시지 기록도 완전히 삭제했다. 이걸로 우리 사이의 관계는 완전히 사라져 없어졌다.

만약 에이지 일로 추궁당하더라도, 나도 소문에 속았을 뿐이라고. 에이지한테는 미안한 짓을 했으니 사과하고 싶다고 하면, 학교도 문제 삼지는 않을 것이다. 게다가 소문을 확산하는 데 협력한 학생은 아주 많아. 전부를 처벌할 수는 없을 거야.

뭐, 에이지의 개인 물건을 내가 처분해 버린 건 좀 지나쳤을지도 모르지만, 부원끼리 말만 맞춰 두면 돼. 부에서 나갈 예정이라 따로 치워 뒀는데 누가 훔쳐 갔다거나. 누가 쓰레기인 줄 알고 버렸다거나. 누구도 저 혼자 처벌받기를 원하지 않을 터. 그렇다면, 우리의 이해관계는 일치해. 배신하는 이득도 없어.

콘도라는 장난감은 부서졌지만, 아직 부서지는 과정을 지켜볼 수 있어. 그건 그거대로 재미있지. 아까 나한테 매달리던 그 눈은 정말 걸작이었어.

걔는, 악당인 척하면서 자기가 사이코패스라고 하지만, 가짜에 불과해. 아마 학교 개네 부모와 전면전을 각오하고 있을 거야. 그리고 어른들이 그런 각오를 했다는 건 시의 권력자와 겨뤄도 괜찮다는, 뭔가, 승산이 있다는 뜻이지.

"자, 앞으로 전개될 이야기도 즐겨 볼까."

속으로 씩 웃는다.

이제는 내가 스토리텔러다.

옆줄에 있던 문예부 후배가 다소 창백한 얼굴로 말을 건다.

"부장, 저희는 괜찮겠죠?"

아하, 이제야 걱정이 되기 시작했구나.

"괜찮아. 나한테 맡겨."

지금 유일하게 마음에 걸리는 사람은 하야시야. 부를 나가겠다고 했을 때, 확실히 협박해 놔서 다행이야. 그런 심약한 애는 협박하면 감히 거스르지 못해.

※

──시모카와 시점──

조회 시간에 콘도 선배가 도망치는 걸 봤다.

근처에 있던 와타나베 선배가 콘도 선배의 모습을 비웃으며 조롱했다.

"야, 시모카와. 봤냐? 그 대단하신 콘도가 꼬리 말고 튀었어. 쟤는 이제 끝났어!!"

조회가 끝나고 나는 축구부 SNS에 있는 그대로 공유했다.

「야, 콘도 선배 도망침!!」

내 글은 바로 읽혀, 다른 부원들도 실시간으로 반응을 남겼다.

「뭐?!」

「방금 전교 조회 때, 폭력 사건 얘기 나오고 아마다가 쓰러졌잖아. 그 혼란을 틈타 선배가 체육관을 빠져나가는 걸 봤다는 애가 우리 반에도 있어.」

「끝났네, 그 자식.」

「끝났지. 우리한테 여태 거짓말한 거야. 우리가 속은 거였다고.」

「잘난 척 존나 해서 짜증 났는데, 꼴 좋다.」

다들 같은 반응이다. 순간, 혹시 콘도 선배가 처음부터 거짓말한 건 아닐까 하는 불안감에 다시 글을 썼다.

「아오노에 대한 소문, 그것도 거짓말 아닐까. 우리까지 추궁당하면 어쩌지……. 안 그래도 지금도 타카야나기 선생님이 추궁하는데…….」

「뭐라고?!」

「안 될 일이지. 콘도가 우리를 끌어들였는데……. 책임이 가장 큰 놈이 제일 먼저 튀어?」

「아무튼 콘도 선배 일로 경찰까지 움직였다는 거잖아. 우리도 위험해.」

「우리는 그냥 콘도가 시키는 대로 했으니까 괜찮겠지.」

「그래, 우리도 속은 피해자나 다름없어!!」

「잘 들어, 다 콘도가 잘못한 거다. 우리는 잘못 없어.」

그런 반응이 줄줄이 달려서 나도 조금은 마음이 놓였다.

그래. 전부 다 콘도 선배가 잘못한 거야!!

※

전교 조회가 끝난 뒤, 나는 빈 교실에서 교장 선생님의 영어 수업을 받기로 되어 있었다. 솔직히 고백하자면, 나는 지금까지 영어가 약한 편이었다. 발음도 제대로 안 됐다. 국어로는 술술 읽을 긴 글도 영어로는 읽는 속도가 느려서 스트레스를 받았다.

그런데도 교장 선생님의 영어 수업은 정말 흥미롭다. 선생님은 취미가 여행이라서 장기 휴가 때면 필리핀이나 호주, 뉴질랜드, 미국, 캐나다 등의 영어권 국가로 여행을 가고는 하신단다. 그래서인지 실용적인 영어를 많이 가르쳐 주신다.

얼마 전 보충 수업 때는 이런 재미있는 이야기를 해 주셨다.

"나는 말이지, 미국 위스키를 좋아한단다. 그거 아니? 위스키의 본고장은 영국의 스코틀랜드야. 스카치위스키라고 하는데 스카치위스키와 미국 위스키는 철자가 달라. WHISKY, WHISKEY로 말이야. 다른 이유는 미국의 위스키 제조자 중 아일랜드계 이민자가 많아서 그러는데, 아일랜드인들은 세계 최초로 위스키를 빚었다는 자부심이 있어서 스카치위스키와는 다른 철자를 쓰게 된 거란다. 일본은 스코틀랜드 위스키를 모델로 만들었기 때문에 스코틀랜드식 철자를 쓰는 거야. 재미있지? 이런 식으로, 같은 언어라도 사용하는 장소에 따라 단어의 해석이 달라. 그리고 그 뒤에는 역사가 깔려 있지. 이런 이면의 테마까지 이해하면 영어 실력도 훨씬 빨리 는단다."

학교 교육을 넘어선 다른 수준의 차원에서, 선생님은 영어를 이해하고 계셨다. 일본에 살면 영어 같은 건 쓸 일 없다며 투덜거리던 내 가치관이 바뀔 정도로 충격이었다.

그날 이후로, 영어 공부를 점점 재미있게 느끼는 내가 있었다. 엄마가 구독한 스트리밍 서비스로 영어 드라마를 보면서 리스닝 공부를 하는 게 일상이 되었다.

교장 선생님이 교실로 들어오신다.

"아오노. 수업을 시작하기 전에 잠깐 잡담을 해도 될까?"

평소처럼 웃으시며 수업을 시작하신다.

"네."

"우선, 월요일에 있었던 일에 관해서 얘기하마. 아침에도 말했지만, 정말 자랑스럽구나. 우리가 부족해서 괴로운 일을 겪게 했잖니. 그런데도 너는 무너지지 않았어. 괴로운 현실과 맞서는 길을 선택했지. 그것만으로도 대단하다고 생각한단다. 그런데 너는, 어른들이 상상조차 못 할 만큼 훌륭한 인격자였어. 다른 사람이 괴로워하는 모습을 보면 주저하지 않고 손을 내밀 수 있었어. 네가 상황이 힘든

데도 불구하고, 그랬어. 너처럼 훌륭한 학생은 좀처럼 없을 거야. 교육자로서 이보다 더 기쁜 일은 없구나. 내년에 정년퇴직을 하는데, 마지막에 너 같은 학생을 만나서 행복하단다. 정말 고마워."

교장 선생님이 고개를 깊숙이 숙이신다.

"아뇨, 저 혼자 힘으로 해낸 게 아니에요. 제가 싸울 수 있었던 건 친구들과 선생님들께서 지탱해 주셨기 때문이에요. 사람을 구한 것도 구급차를 불러 주신 아저씨랑 간호사 누나가 도와주셔서 가능했어요. 그리고 AED를 갖다 준 이치죠도요."

"정말 너희는 참……. 아까 이치죠 학생도 같은 말을 하더군. 서로 칭찬해 주고 자기 얘기는 겸손하기까지 하니. 보기 좋은 한 쌍이구나."

그렇게 말씀해 주시니까 조금 쑥스럽지만, 좋아하는 사람과 잘 어울린다는 말을 들었는데 기분이 나쁠 리가 없다.

얼굴을 살짝 붉게 물들이자, 선생님이 흐뭇하게 웃으셨다.

"소방서는 이따가 온다더구나. 그때까지 열심히 공부하자."

즐거운 영어 수업이 시작되었다.

※

표창 시간이 가까워져 오늘 두 번째 전교 조회를 위해 학생들이 이동했다.

"야, 아오노 일 말이야. 역시 헛소문 아닐까?"

"그러게. 경찰이 개입했는데 표창을 받을 리가 없잖아."

"도대체 어떻게 돌아가는 거야. 누가 거짓말해서 아오노를 나쁜 놈으로 몬 거야?"

"그렇게 되네."

"누가 거짓말한 거지?"

이동 중에 휴대폰을 꺼내 학교 비공식 사이트의 분위기를 살폈다. 역시나, 소문에 의문을 품은 사람들이 게시판에서 토론을 벌이고 있었다.

「나는 이치죠가 아오노 편을 들 때부터 이상하게 생각했어.」

「걔가 폭력 쓴다는 남자를 가까이할 리가 없지.」

「이제껏 이치죠만 아오노의 누명을 눈치채고, 계속 버팀목이 되어 준 거구나.」

「쩐다.」

「적을 만들어서라도 피해자를 지키려 한 거네.」

「이치죠가 아오노 선배는 자기 은인이라고 했어.」

「사람을 구했을 때도 둘이 같이 있었다잖아. 100% 사귐.」

「얼마 전에 방과 후에 데이트하러 가기도 했지, 사귀는 거 맞네.」

뒤에서 내 얘기를 하는 걸 보니 부끄럽다. 아직 사귀지는 않지만, 그런 소문이 도는 건 기분이 나쁘지 않다.

무의식중에 '아직'이라는 말을 썼다. 내 마음을 더는 거짓말할 수가 없다.

하지만 지금은 선배의 누명을 벗기는 게 급선무다.

나는 평소에 경멸하던 곳에 직접 글을 썼다. 내 손이 더러워지는 것에 약간 혐오감이 들었다. 하지만 그 이상으로 지금의 상황이 더 용납되지 않는다.

「누가 거짓말했는지는, 다들 알잖아. 안 그래?」

나의 한마디로 게시판의 흐름이 단번에 바뀐다. 글을 더 쓸 필요는 없다. 다들 꺼내기 어려웠던 말이었을 테니까. 둑이 무너진 것처럼 진실이 인터넷의 바다로 흘러 들어간다.

「알지.」

「교장 선생님이 얘기했을 때, 아마다 미유키가 동요하고 쓰러진 거 보면 말 다 했지.」

「나, 콘도랑 같은 반인데 전교 조회 이후로 안 보임.」

「답 나왔네. 사건 터지기 전부터 둘이 붙어 다녔잖아.」

「콘도 선배 도망쳤네. 여자도 버리고.」

「그럼, 둘이 바람피우다 걸릴까 봐 무서워서, 아오노한테 다 뒤집어씌운 거야?」

「진짜면 개쓰레기.」

「말도 안 돼…….」

「정떨어진다.」

「아오노가 불쌍해.」

흠집 난 선배의 신용은 그렇게 쉽게 회복되지는 않겠지만, 이걸로 극적으로 나아질 거다.

이런 방법은 쓰고 싶지 않았지만, 처음 시작한 건 저쪽이니까.

"아오노 에이지를, 나에게 소중한 사람을 벼랑 끝으로 몬 책임은 꼭 지게 할 겁니다. 당신들, 절대로 용서 안 해."

저들이 한 짓이 그대로 저들에게 되돌아갈 뿐이다.

심지어 저를 지킨답시고 다정한 선배를 자살로까지 몰아넣었으니까……. 이 정도면 오히려 가벼운 거다.

이런 식으로 간단히 돌아서 버리는 무책임한 사람들에게 조용히 분노하며 비공식 사이트를 껐다.

소중한 사람을 지키기 위해서는 쓸 수 있는 패는 뭐든 쓸 것이다.

그러지 않고서는 아무것도 지킬 수 없다는 걸 알았으니까.

나는 쿠로이에게 메시지를 보냈다.

「최악의 상황에는 제가 아빠한테 직접 부탁할게요. 바로 연락이 닿게끔 준비해 주세요.」

굽히고 싶지 않은 허리도 선배를 위해서라면……

슬슬 콘도 의원이 움직일 거다. 그 사람이 폭주해서 선배의 집에 비열한 짓이라도 하면 절대 용서 안 할 거야.

방송국의 얼굴 공개 문의에 대해서는, 나도 공개해 달라고 했다.

방과 후에 소방서 분들이 와서 우리를 표창한다고 한다. 그때 언론도 함께 온다고 하니, 그 장면이 송출되면 이번 일로 훼손된 선배의 평판은 한층 더 회복될 것이다.

방송이 무사히 나가기만 하면 이제 아무도 선배를 상처 입힐 수 없을 거야.

오늘 모든 걸 끝내겠어.

적에게 시간을 더 주게 되면 사태가 악화할지도 모른다. 이 이상 다정한 그 사람을 몰아붙이는 걸 좌시하지 않겠어.

나는 각오를 다졌다.

선배와 함께 앞으로 나아가기 위해서!!

그리고 점심시간 전에 다시 전교 조회가 결정됐다.

단축 수업으로 돌리고 전교 조회 때 우리를 표창하기로 했다고 한다. 분명 학교 측이 배려한 거겠지. 이로써 에이지 선배는 누명을 거의 벗은 거나 마찬가지다.

그리고 이 시간이 학교의 최후통첩 기한임을 모두가 알고 있었다.

조회가 끝나기 직전까지 가해자는 학교에 자진 신고하지 않으면, 일이 더 커진다. 당사자들은 지금쯤 심장이 쪼

그라들고 있을 거다. 우리 학교는 명문대 입시가 주인 고등학교라 더더욱. 다들 깔린 레일에서 벗어나게 되는 걸 두려워할 게 분명하다. 이제껏 쌓아 온 명성을 몽땅 잃게 될 테니까. 아마다 미유키 선배도 바람피운 걸 들켰을 때 그런 기분이었을 거다. 자기의 상황을 지키고 싶다. 그런 어리석은 생각으로 누명을 씌워 에이지 선배를 자살 직전까지 몰아넣었다. 절대 용서받을 수 없는 짓이다.

그깟 하찮은 제 몸 지키기를 진즉 버렸다면, 전부를 잃지는 않았을 텐데. 저를 지킨답시고 한 짓이 저가 파멸할 때까지 거짓에 거짓을 거듭하게끔 했다. 정말이지, 용서받을 수 없는 일이다.

우리는 지금 무대 옆에서 대기 중이다. 가까이에 있는 선배는 무척 긴장한 상태다. 당연하다. 괴롭힘을 당한 마음의 상처가 있다. 자기의 악명을 씻기 위해 필요한 일임을 알면서도 악의를 던졌던 집단 앞에 나서야 한다. 엄청난 용기가 필요한 일이다. 나도 익명으로 던진 악의에 오래 시달려 봤으니까.

"괜찮아요. 제가 반드시 옆에 있을 거예요. 저는 선배 편이에요."

선배의 손을 천천히 잡는다. 그날, 내게 살아갈 용기를 준 선배에게, 조금이라도 보답하고 싶어서.

짧은 기간이었지만, 당신이 멋진 사람이라는 걸 함께한 내가 제일 잘 알아. 다정한 당신이 그런 누명 사건의 피해자가 된다는 건 어불성설이야. 이렇게 착한 사람이 괴롭힘을 당하다니, 한참 잘못됐어.

그래서 앞으로 나아가길 바랐다. 그러면 나도 더 앞으로 나아갈 수 있을 테니까. 내 희망을 선배에게 건다는 게 비겁하기도 하지만, 그래도…… 나는 선배와 함께 살아가고 싶어.

누군가와 함께 걸어가고 싶다고 생각하는 날이 나에게 올 줄은 몰랐다. 계속 자책해 왔기에.

그때, 내가 뭔가 할 수 있었다면 우리 가족은 지금도 행복했을 거라고 지금도 믿는다. 그런 나를, 내가 용서할 수 없어서 앞으로 나아가지 못하는 초조함, 적이 어디에 있을지 모르는 두려움. 그리고 늘 주위를 의심하는 어리석음.

나는 그저 새장 속 새다. 항상 감시당하고 의미도 없는 인생을 살아가야만 하는 존재. 그렇게 생각했는데…….

선배가, 회색빛 절망의 세계를 바꿔 주었다.

나에게 손을 내밀고 싶다고 말해 준 사람은 여럿 있었지만, 행동으로 보여 준 건 선배뿐이었다.

그리고 선배는 나를 있는 그대로 받아들여 줬어.

그러니까, 앞으로 나아가는 거야. 앞으로도 쭉.

"고마워, 이치죠. 용기가 났어."

그러면서 부드럽게 내 손을 잡았다. 절망에 빠져 있던 나를 학교 밖으로 데리고 나가서 가족의 따뜻함을 떠올리게 해 준 그날, 그때처럼.

그리고 손을 끌어 에스코트한다.

빛 속으로 천천히 나아간다.

호명하는 우리의 이름을 듣고 단상 중앙으로 걷는다.

제복을 입은 소방서의 높은 분이 우리가 상을 받는 모습을 흐뭇하게 바라보고 계셨다.

"두 사람 모두 아주 적절하게 대처해 줘서 고맙습니다. 학생들 덕분에 한 사람의 생명을 구할 수 있었습니다."

우리를 표창해 주는 소방관이 감사장을 읽기 전에 조용히 말을 건넸다. 덕분에 우리는 긴장이 풀렸다.

그리고 감사장을 힘 있게 낭독한다. 우리가 인사를 하고 감사장을 받고 돌아서자 성대한 박수가 쏟아졌다. 선배가 안도한 듯, 전교생을 본다.

이걸로 흐름이 바뀔 것이다. 나는 일종의 충족감이 충만해짐을 느끼며 그 광경을 바라봤다.

"이치죠, 나를 믿어 줘서 고마워."

나에게만 들릴 만큼 작은 목소리로 말한다.

그래서 나도 똑같이 돌려준다.

"저야말로요. 그날, 저를 발견해 줘서 고마워요."

우리는 서로 마주 보며 웃었다.

인생
역전

에필로그

점심시간.

나는 이치죠와 약속한 대로 옥상으로 올라왔다. 자물쇠가 고장 나서 쉽게 열 수 있다. 고장 났다는 건 우리 둘밖에 모른다. 그래서 독점할 수 있다.

선생님들이 통보한 최후통첩 시간은 지났다.

몇 명이나 자진 신고했을까. 조금 신경 쓰인다. 한 사람도 없을지도 모른다. 그렇게 되면 선생님들이 본격적으로 움직이실 테니, 해결되기까지 한동안은 시간이 좀 걸리겠지.

이 일련의 사건이 얼른 끝나기를 바라는 한편으로, 아마 상처는 남을 것 같다. 선생님들이나 친구들이 내 일을 아무리 해명해도, 믿지 않는 사람이 있을 테니까. 그 사람들 눈에는 나는 평생 여자 친구를 폭행한 최악의 인간이겠지.

그렇게 생각하니 역시 우울해진다.

하지만 이런 생각을 할 수 있는 것도 어떤 의미로는 사치라고 생각했다. 이번 괴롭힘 사건을 계기로 나에게 손을 내밀어 준 사람들은 앞으로 평생 인연을 이어 갈 수 있는 사람들이니까. 평생 믿을 수 있는 사람들을 이렇게 많이 만난 게 불행 중 다행이야.

모두 자신이 받을 불이익을 두려워하지 않고 내게 도움의 손길을 내밀었다. 나도 그들이 곤란에 처했을 때 손을 내밀어 돕고 싶다. 오만한 생각일지도 모르지만, 그래도 나를 도와준 사람들을 소중히 여기고 싶다. 그게 당연한 마음 아닐까.

왜곡하는 사람과는 차라리 더 이상 엮이지 않는 편이 낫다. 그런 사람들은 나에게 악의만 드러낼 테니까.

그런 사람에게 시간을 쓰기보다는 가장 힘들 때 곁에 있어 준 사람들과 함께 시간을 보내는 게 훨씬 가치 있다.

그런 결론에 도달한 순간, 낡은 문이 열렸다. 물론, 들어온 건 이치죠다. 그날과 다르게 구름 한 점 없는 맑은 하늘. 마침내 우리 둘만 있게 돼서 그런지, 서로를 보며 환하게 웃었다.

어제 라면 가게에 데려가 줘서 고맙다는 메시지를 받고 연락을 주고받는데 이치죠가 도시락을 싸 주겠다고 했다. 그래서 오늘은 나는 빈손이다.

엄마랑 형한테 말했더니,

'아하, 그렇고 그런 거구나.'

'그렇게 됐군.'

그러면서 히죽거렸다. 다 알아 버렸다.

"이거, 받으세요. 입맛에 맞으면 좋겠어요."

귀여운 꽃무늬 도시락 보자기. 교실에서 펼쳤으면 분명

소문이 났을 거다.

"고마워. 답례로 오늘 저녁은 우리 집에서 먹고 가. 엄마랑 형이 실력 발휘 좀 해서 데미그라스소스 햄버그스테이크랑 크림 크로켓 만들어 준대."

"그래도 돼요? 매번 대접만 받고. 그리고 매일 맛있는 밥 먹는 선배 입맛에 맞을지 걱정이에요."

겸손하게 그렇게 말한 이치죠는 얼굴을 새빨갛게 물들이고 있었다. 뭐든지 능숙하게 해내는 이치죠가 만든 도시락이다. 어쩔 수 없이 기대가 많이 된다. 설령 요리를 잘 못하더라도 그건 그거대로 이치죠의 매력 포인트라고 생각한다. 너무 완벽하니까 오히려 어설픈 구석이 있는 개나도 마음이 편하고 말이지. 한심한 선배의 독백이다.

이러다가 이치죠에게 공부까지 배우게 생겼다. 이치죠의 영어와 수학 실력은 고등학교 수준은 뗀 셈이라고 선생님들 사이에서 소문이 자자할 정도이기에.

나도 공부 열심히 해야지. 그래도 선생님이 일대일로 가르쳐 주셔서 그런지 요즘은 수업이 이해가 제법 잘 된다.

그런 생각을 하며 귀여운 도시락을 열었다.

"우와, 맛있어 보인다."

저절로 말이 나왔다. 집밥 느낌의 구성이었다.

예쁘게 말아서 부친 달걀말이, 연어구이, 문어 모양 소시지, 단호박 조림, 한쪽 구석으로는 가지와 오크라 볶음, 그리고 조미 가루를 뿌린 밥. 나를 더 신경 써 줬는지 이치죠의 도시락통보다 조금 더 크다.

"이걸 전부 손수 만들었어?"

"네. 긴장돼서 조금 일찍 일어났더니 너무 많이 만들었네요. 평소에는 도와주시는 분이 만들어 놓은 반찬도 같이 넣는데 기본적으로는 제가 두 가지 정도는 직접 만들어요."

보기만 해도 알겠다. 평소 요리를 자주 하는 듯한 메뉴들이다.

"메인 메뉴를 생선으로 해 줬구나."

요즘 비슷한 것만 먹고 있으니까 겹치지 않도록 생각해서 일부러 가정식 위주로 만든 모양이다.

"네. 최근에 고기를 많이 먹었잖아요. 별로예요?"

걱정스러운 얼굴로 이쪽을 들여다보는 이치죠에게 나는 고개를 저었다.

"아니, 오히려 좋아. 생선도 정말 좋아하거든."

실제로 내가 가장 좋아하는 요리가 초밥이다. 해산물을 워낙 좋아해서 계절 한정 메뉴인 키친 아오노의 굴튀김도 매년 언제 나오나 손꼽아 기다릴 정도다.

"다행이다."

진심으로 안도하며 웃는 이치죠.

신기하다. 아직 만난 지 겨우 일주일 정도밖에 안 됐는데……. 여기서 처음 만났을 때는 우리 둘 다 절망의 구렁텅이에 빠져 있었는데, 지금은 함께 마음 깊은 곳에서 우러난 웃음을 짓고 있다.

그날, 내 인생은 완전히 뒤바뀌었다.

나는 그 후로 줄곧 이치죠에게 의지하고 있다. 그래서 때때로 불안해진다. 나는 이치죠에게 얼마나 의지가 되고 있을까 하고. 이치죠가 왜 이 옥상에서 뛰어내리려고 했는지는 모른다. 하지만 그 각오는 진심이었다. 몸싸움을 벌이면서 이렇게 가느다란 팔에서 어떻게 그런 힘이 나오는지 알 수 없을 만큼 필사적으로 저항했다. 그만큼, 죽고 싶어 했다. 얼마나 괴로웠을지는 헤아릴 수 없지만, 엄청나게 힘든 일이 일어났다는 건 안다.

천천히라도 좋으니, 앞으로도 이치죠 곁에서 함께하고 싶다.

"안 먹어요?"

결의를 다지는데, 괜한 걱정을 하게 했다.

"아아, 미안. 먹음직스러워서 뭘 먼저 먹을지 고민하느라."

"말은 잘해요."

"추천하는 거 있어?"

"음. 이 가지랑 오크라 볶음은 자신 있어요. 도우미 아주머니가 만들어 주셨는데 너무 맛있어서 배웠거든요. 거의 셰프급이에요."

그렇게 말하면서 살짝 으쓱하는 이치죠가 또래다운 반응이라 안심이 된다. 이런 점도 귀엽다.

"잘 먹겠습니다. 아, 된장 맛이구나. 매콤달콤해서 밥이 술술 들어가네."

볶음 요리에는 참기름도 들어가서 풍미도 아주 좋다. 된장과 술, 조미료로 부드럽게 간을 했다. 내가 매우 좋아하는 맛이다. 엄마와 형은 안주로 딱이라고 할 것 같다.

"에헤헤, 정답이에요. 다행이다. 선배네가 식당을 하니까 양식은 자주 먹을 것 같아서 오늘은 일부러 일식 위주로 준비했어요."

정말 배려심이 깊다. 주변에서 그렇게 치켜세우는데도 자기 자신을 잃지 않는 굳은 심지와 상냥함이 참 매력적이다.

"응, 고마워. 기뻐. 가끔은 일식이 확 당길 때가 있거든. 단호박도 달고 포슬포슬해. 이것도 도와주시는 분한테 배운 거야?"

"단호박은, 돌아가신 엄마가 가르쳐 준 거예요. 맛있게 먹어 주니까 저도 기뻐요."

"그렇구나. 우리 집 굴튀김이랑 같네. 아빠 레시피거든. 너한테만 알려 주는 비밀인데, 튀김옷을 입힐 때 파마산 치즈 가루를 섞으면 맛이 더 진해져."

"그래요?!! 몰랐어요."

"우리 집의 비법이지. 단호박 조림을 맛보게 해 준 답례야."

비밀이라며 입에 두 번째 손가락을 가져다 댄다.

"그러면 저도 하나. 사실 조림에 버터를 살짝 넣었어요."

"오, 그래서 감칠맛이 진했구나."

서로 작은 비밀을 공유하며 더 가까워진 기분이 들었다.

맛있는 도시락은 금세 비웠다.

"자진 신고한 사람이 있을까요?"

역시 이치죠도 신경 쓰이나 보다.

"글쎄, 어떠려나. 의외로 없을지도 몰라."

"그럴 수도 있겠네요. 인간은 약하니까, 아무래도 도망치고 싶어지잖아요."

"그렇지."

우리는 한숨을 내쉬었다. 분위기가 너무 가라앉지 않게 다른 화제로 넘긴다.

"그건 그렇고 설마 소방서에서 표창을 받을 줄은 몰랐어."

간호사한테만 이름을 말하고 경찰한테는 일부러 말하지 않았다. 일이 커지는 게 싫어서.

"신이 보고 계신 거예요. 선배가 여러모로 열심히 노력했잖아요. 응급 상황에서 그렇게 빠르게 움직이다니 정말 대단했어요. 저도 깜짝 놀랐고……."

이치죠가 말끝을 살짝 흐리고 얼굴을 붉히면서 머리카락을 만지작거리고 눈을 마주치지 못하고 작게 말을 잇는다.

"정말, 머, 멋졌어요."

나까지 쑥스러울 정도였다.

"고, 고마워."

나도 이치죠의 얼굴을 제대로 쳐다볼 수가 없다.

"이제 시작이에요."

행복하지만 다소 어색한 공기를, 이번에는 이치죠가 다

날려 주었다.

"어?"

"이제부터예요. 선배의 명예 회복은요. 아까 표창식부터 분위기가 조금씩 바뀐 게 보였어요. 다들, 그 소동의 이상한 점을 눈치채기 시작했고요."

그렇구나.

이치죠가 학교 전체의 분위기를 예민하게 느끼고 있다.

"아직, 좀 무섭기는 해. 그 지옥은 쉽게 바뀌지 않을 테고 싫은 일만 생각나."

"선배……."

"근데 있잖아, 이렇게 이치죠와 함께한다면 괜찮을지도 모르겠다는 생각이 들어. 항상 고마워."

그렇게 말하자 이치죠는 살짝 우수에 젖은 얼굴로 내 어깨에 머리를 기댔다.

"고맙다는 말은 제가 해야죠. 가능하면, 계속 제 손을 놓지 않았으면 좋겠어요."

조금 전처럼 우리 손은 다시 이어졌다. 나는 천천히 마주 쥐었고, 부드럽게 잡은 이치죠의 보드라운 손에 놀랐다. 아까 표창식 때는 긴장한 상태에서 얼떨결에 잡았다. 그래서 이렇게 제대로 감촉을 느끼지 못했다.

"제 손, 안 차가워요?"

"음, 차가워서 오히려 기분 좋아."

"아이참. 그나저나 선배 손은 정말 크고 따뜻하네요."

서로 손을 다정하게 감싸 쥔 것뿐인데 아주 신성한 행위처럼 느껴졌다.

"그러고 보니, 선배. 어제 올린 소설 반응은 어때요?"

"아, 그러고 보니, 어젯밤에 열 명쯤 읽은 거 확인하고 마음이 놓여서 그 뒤로 안 봤어."

"그러면 지금 확인해 봐요!!"

"그래야겠다. 네 말을 들으니까 나도 갑자기 궁금해졌어."

오른손은 이치죠와 잡고 있어서 익숙하지 않은 왼손으로 휴대폰을 조작해 소설 사이트를 켰다. 아직 익숙하지 않아서 조금 헤맸다가 작업 페이지로 들어가, 독자 수 등을 확인한다.

"어?!"

휴대폰 화면에 표시된 숫자를 보고 나도 모르게 이치죠의 손을 꽉 쥐고 말았다.

"왜요?"

이치죠의 목소리에 조금 진정한 나는 방금 본 화면의 결과를 전달했다.

"10만 조회 수에 좋아요, 찜도 엄청나고, 댓글도 100개가 넘었어……."

목소리가 덜덜 떨렸다.

우리 둘 다 웹소설은 잘 모르지만, 반응이 대단하다는 건 알 수 있었다.

"선배, 이런 사이트에는 순위도 있잖아요. 그것도 확인했어요?"

이치죠도 기뻐하면서 어딘가 초조한 듯 보였다.

"아직."

"빨리 확인해요!!"

알겠다면서 일간 순위를 누른다.

굳이 찾지 않아도 내 작품이 바로 눈에 들어왔다.

업계에서도 최대 규모를 자랑하는 소설 투고 사이트의 순위에서 내 필명을 바로 찾을 수 있다니, 너무 엄청나서 흥분이 솟구친다.

"일간 종합 1위야."

현실감이 없는 목소리로 이치죠에게 사실만을 전하자…….

"우와!!"

감탄과 함께 이치죠의 부드러운 피부와 달콤한 향기가 확 덮쳤다. 이치죠가 나를 껴안는 바람에 마음이 한순간에 차분해졌다. 나도 덩달아 꼭 껴안았다.

"고마워."

이렇게 말하는 게 최선이었고 멋들어진 말 따위는 떠오르지 않았다.

"역시, 대단해요. 하루 만에, 처음 올린 글이 이렇게까지 반응을 얻다니요. 선배 원고를 버린 문예부 부원들한테도 보여 주고 싶을 정도예요. 당신들은 이렇게나 재능 있는 사람을 깎아내리려 한 거라고……. 보는 눈이 없다고……. "

자기 일처럼 기뻐해 주는 이치죠를 꽉 끌어안는다.

“정말 고마워, 이치죠. 원고를 빼돌려 줘서, 나를 지지해 줘서. 그래서 이렇게 많은 사람이 내 글을 읽어 줬어. 절망 속에 있었는데, 수많은 사람이 나를 매도했는데 지금은 그보다 더 많은 사람에게 인정받았어.”

나는 이치죠에게 진심을 전했다.

“잘됐다, 정말 잘됐어요.”

이치죠는 몸을 잘게 떨며 하고 눈물을 글썽거리며 기뻐해 주었다.

“이치죠 덕분이야.”

아까부터 고맙다고만 하고 있네. 나도 모르게 피식 웃었다.

“고마워요. 그런데 아니에요. 선배의 소설이 재미있기 때문이에요. 그 소설이 정당한 평가를 받지 못한 게 계속 속상했어요. 그래서 정말 다행이에요.”

그날과 달리, 구름 한 점 없는 푸른 하늘이 우리를 감싸고 있는 기분이 들었다.

이렇게, 우리 인생은 조금씩 나아질 거다.

후기

『인생 역전, 바람피운 여친에게 누명 쓴 나, 학원 최고 미소녀에게 사랑받는다』 제2권을 구매해 주셔서 감사합니다. 작가 D입니다.

이렇게 무사히 제2권을 출간할 수 있어 마음이 놓입니다.

1권 출간 당시, 독자 여러분께 정말 많은 감상과 응원 메시지를 받았습니다. 진심으로 감사드립니다. 읽고 또 읽으면서 큰 동기부여가 되었습니다. 보내 주신 감상과 리뷰는 평생의 보물입니다!!!

다만, 1권 출간 때 SNS용 해시태그를 정하지 않은 게 아쉬웠어요. 그래서 책날개에도 적었만, SNS에 감상을 올릴 때는 人逆이라는 해시태그를 달아 주시면 기쁠 거예요. 아마 제가 바로 알고, 기쁜 마음으로 '좋아요'를 누르러 갈 겁니다(ㅎㅎ).

1권에서는 아오노 에이지가 여자 친구인 아마다 미유키의 바람 사실을 알게 된 뒤 누명을 쓰고 전교에서 괴롭힘을 당하는 최악의 상황에서 시작해, 옥상에서 자살을 시도한 이치죠 아이를 구하면서 점차 자기를 믿어 주는 사람들이 모이게 되었죠. ……반대로 거짓말이 들통나기 시작한 음모를 꾀한 장본인들은 점점 궁지로 몰렸고요.

2권에서는 에이지와 아이가 본격적으로 연애 관계로 진전되고 괴롭힘을 주도하던 가해자들이 와해하는 모습을 그렸습니다. 웹 버전과 비교하면 살을 꽤 붙이고 자세하게 쓰지 못한 아이의 과거와 두 사람의 데이트 장면도 새로 썼습니다. 어떠셨나요? 재미있게 읽으셨다면 다행입니다.

1권 출간 후에는 독자 여러분이 보내 주신, 과거 따돌림을 당한 아픈 기억이나 작품에 등장하는 타카야나기나 교장 선생님 같은 어른을 만나고 싶었다는 댓글이 무척 감동적이었습니다. 또, 웹 버전을 읽어 주신 해외 독자분들께서도 괴롭힘당한 일을 얘기해 주서서 따돌림이나 괴롭힘 문제가 비단 일본뿐만이 아니라 해외에서도 심각한 문제라는 걸 처음 알았습니다.

정말 열정적인 독자분들 덕분에 책으로 나오고 이렇게 이어서 2권을 낼 수 있었습니다. 출간 이후에 있었던 미팅에서도, 수많은 뜨거운 감상과 댓글 받은 걸 편집자님과 함께 기뻐했어요. 이렇게 열심히 응원해 주는 독자들과 만났다는 사실이 무척이나 자랑스럽고 정말 행운이라고 생각합니다.

구순이 넘으신 할머니께 책이 나왔다고 말씀드렸을 때, 평소에 책도 잘 안 읽으시는데도 '읽을게. 할아버지가 살아 계셨다면 기뻐하셨을 거야'라고 하셔서 이루 말할 수 없이 기뻤습니다. 저는 책을 읽으며 조용히 시간을 보내는 아이였다고 합니다. 외출할 때마다 부모님이나 할머니, 할아버지께서 항상 책을 사 주셨던 어릴 적의 기억이 있습니다. 설마 제가 책을 쓰게 될 줄은 몰랐는데, 역시 독서할 기회를 많이 주신 덕분이 아닐까 싶습니다.

마지막으로 감사 인사를 전합니다!

일러스트를 맡아 주신 히게네코 선생님. 2권에서도 멋지게 그려 주셔서 정말 감사합니다. 제가 글을 쓰면서 상상하는 이미지를 뛰어넘는 일러스트라서 매번 감격합니다. 작품 일러스트에 관한 얘기를 독자분들이 SNS에서 할 때마다 저도 함께 '공감', '이 일러스트, 너무 귀엽잖아', '히게네코 선생님, 최고'라며 고개를 연신 끄덕인답니다. 이렇게 함께 작업할 수 있어 정말 영광입니다.

코미컬라이즈를 맡아 주신 이카구치 에이 선생님. X에 출간 기념 일러스트와 새해 일러스트를 그려 주셔서 정말 기뻤어요!! 이카구치 에이 선생님이 캐릭터의 내면 특징을 잘 포착해 주셔서, 저도 '오호'라며 감탄하기도 하고 감정 묘사 등의 여러 가지를 많이 배웠습니다.

만화 연재는 장기전이 될 테니, 부디 건강 유의하시기를 바랍니다.

그리고 담당 편집자님. 이번에도 정말 하나부터 열까지 다 감사했습니다. 1권도, 2권도 플롯 단계 회의부터 초고 제출까지 바쁘신 와중에도 구체적인 조언과 피드백을 주셔서 정말 큰 도움이 되었습니다.

처음 회의할 때, '이번 작품의 특성상, 독자 반응은 이럴 것 같습니다'라고 하셨는데, 그 예측이 딱 들어맞아서 '역시 프로 편집자는 굉장해!'라고 감탄했답니다. 제안하신 독자의 시선과 이야기에 깊이를 더하는 방법 등, 정말로 배울 게 많아서 최고의 피드백이었습니다. 덕분에 웹 버전 『인생 역전』을 이렇게 완전판으로 만들 수 있었습니다.

그리고 독자 여러분. 1권 후기에서도 말씀드렸지만, 이 작품은 저의 힘으로만 쓴 소설이 아니라고 생각합니다. 정말 열성적인 독자 여러분의 응원 덕분에 무사히 2권이 나올 수 있었습니다. 여러분의 도움이 없었다면, 이렇게 2권 후기까지 쓰는 일은 없었을 겁니다. 앞으로도 계속 응원해 주신다면 정말 기쁘겠습니다.

다음 권에서 다시 만날 수 있을지는 아직 모르지만, 다시 만날 수 있기를 바라며 이만 줄이겠습니다.

2권을 구매해 주셔서, 정말 감사합니다.

JINSEIGYAKUTEN Vol.2 UWAKISARE, ENZAI WO KISERARETA ORE GA, GAKUENICHI NO BISHOJO NI NATSUKARERU

©D, Higeneko 2025
First published in Japan in 2024 by KADOKAWA CORPORATION, Tokyo.
Korean translation rights arranged with KADOKAWA CORPORATION, Tokyo.

인생 역전 2

2025년 10월 15일 1판 1쇄 발행

저　　　자 D
일 러 스 트 히게네코
옮　긴　이 변성은
발　행　인 유재옥
담 당 편 집 정영길

이　　　사 조병권
편 집 2 팀 정영길 조찬희 박치우
편 집 3 팀 오준영 이소의 권진영 정지원
디 자 인 랩 팀 김보라 전세연
디지털사업팀 김지연 윤희진 장혜원
라이츠사업팀 김정미 이지현 유아현
영업마케팅팀 최원석 윤아림
물　류　팀 백철기
경 영 지 원 팀 최정연
인 쇄 제 작 처 ㈜코리아피엔피
발　행　처 ㈜소미미디어
등　　　록 제2015-000008호
주　　　소 서울시 마포구 토정로222, 502호 (신수동, 한국출판콘텐츠센터)
판매 및 마케팅 (070) 8822-2301

ISBN 979-11-384-4115-5 04830
ISBN 979-11-384-3981-7 (세트)